A Book

SUMMERTIME AFTER DINNER

夏 日 会 在 晚 餐 后

龚林轩 著

北京联合出版公司
Beijing United Publishing Co.,Ltd.

序言

所有美好的时刻都是金色的，日落时的漫步，车开过南边海岸线瞥到柠檬树的那一刻，还有一个忽然到来的夏天，在意大利郊外午睡后醒来咬了一口杏的那一瞬间。

我想在这里保存这些美好的时刻。

这本书的前一部分是关于食物的几篇小说，有些段落可能显得非常乏味、堆砌，甚至幼稚。我自己都不好意思去阅读、去回味那些文字，因为那是我在几年前，我都记不清的时刻写下的。之所以还放在这里，对我而言，那些时刻是值得被记录的。就好像一段平行时空里的自己，我在过河涉水的那一段旅途里，非常小心翼翼地避开尖锐的溪石，注意湍急的流水。也许并没有捞起任何有价值的东西，也没有见到黄昏里奔向泉水的那头鹿，但对我而言仍是珍贵的回忆，我想要保留那段平行时空里的自己。

因为最终，一切能触及恋旧情感的地点和故事都会丢失，或者很早之前就已经消散它们当时存留的意义，但文字能尽力回溯追寻并记录这段失去，而味道和味蕾则会尽力弥补这种失去。

“记录”和“弥补”正是我想通过这本书来达到的目的，所以文本里采用了“熟成”“腌渍”的方式来寻回当初关于地点和时间的记忆。用味道来为这段回忆增添风味，这也是历史上人类对季节性食材最好的保存和重新创造的方式。

而“风味”部分，则是我对一些真实而美好的地点的补充，也是我希望通过私人感受联结到真实世界的部分。如果有机会，也许你也会停留在这些世界上特别有意思的地方之一，那么当时你的感受，就是你独有的味蕾记忆。

所以，这本书充满了我想保存的这些美好片段，腌渍也好，熟成也好，有些是自己的，有些却不是。

希望多年以后，我在一顿平凡得不能再平凡的晚餐后也能想起这些事和食物，以及爱恋、回忆，还有我自己，这些我都想留到晚饭后来说。

就好像所有美好的时光，都会在晚餐后。

PICKING 腌渍

MATURING 熟成

TASTING 风味

PICKING

腌 渍

佛罗伦萨的最后一夜

桃子无花果汽水

谁会在盛夏来意大利？只有我吧！顶着38℃的高温，小心翼翼地躲在每一寸能发现的阴影里，如履薄冰似的挡住每一束烫到滚痛的骄阳。此刻，如果真的能脚下有冰，再深的水我也愿意跳进去。

佛罗伦萨真的太热了，沿街的Gelato（冰激凌，意大利语）店前都排满了游人，好吃的店却只藏在小巷里，被明黄色的墙遮挡，大多数游人失之交臂的是意大利最美丽的东西。无花果、红浆果，还有西西里的柠檬，甚至那不勒斯的橄榄都被拿来组成夏天。当然，除了炎热，在佛罗伦萨一切都是美好的。

我在这里已经住了一个多星期，似乎游客该做的所有的事都已完成，只剩下不断地重复。我从阿诺河的旧桥一直上山走到米开朗琪罗广场。光是这条路我就走了三次，每一次都能看到不同的落日，每一次也都能在落日里看到相拥而喜的各色情侣，而每一次的百花大教堂都一样好看。它似乎是纸做的，像海市蜃楼般存在着。

我也在乌飞齐美术馆看了半小时波提切利的画，那些描着金边的植物都要从蛋彩里蔓生出来，纷纷然掷在游人的肩上。从美术馆的走廊里向外张望，能看到的是金灿灿的阿诺河，还有那些划船的少男少女。我在租来的公寓里，开着电扇，听着风扇嗡嗡作响的燥热声，低头能看到紫藤在下面的花架上不断地开。热归热，我想佛罗伦萨是不想让我走的。

我在意大利多年的一位旧友听说我即将离开，于是颇为着急地暂时放下手中的工作，从博洛尼亚赶着最近的火车过来见我。她到的时候，正好是在中午最炙热的日照下，以至于她一进门，都带着一身托斯卡纳特有的灰尘味。那是混杂着柠檬树和被烤过的橄榄特有的味道，带着一丝焦虑，也掺杂着一丝笃定的自由。

她自觉地脱掉鞋子，换上一旁的拖鞋，急忙道歉："来晚了。"

"没事，没事，上次见面还是在三年前的罗马呢。嗯，当时没这么热。"

“是啊，意大利太热了，而且这里的大多数房子只有电扇。再热的时候，他们也只能喷点儿水，连着风扇吹出来，就当是降温了，也是太……”

“毕竟是地中海附近，不然哪来这么好的柠檬和无花果？”

我说着便去拿早晨从隔壁市集买的无花果，横竖两刀，果落四瓣，透出的是绛红的内瓤，星星点点的种子罗布其中，像一部分被切开的星云。

这时候，我问她要水还是气泡水。

她愣了愣，“气泡水吧，”她笑着说，“Still Water or Sparkling Water（水还是气泡水），这通常可是我一天里无数遍对话的开始。”

“哦对，你是行家。”我侧身去拿一旁的鼠尾草和无花果一起投进一个大玻璃壶里。

“什么行家，服务生罢了。还是个刚辞职的，现在的状态是待业，还是在异国他乡，在意大利最烦躁的夏天。”

“原来你是彻底辞职了？不会是为了今天这顿饭吧？”

我有些吃惊于她草率的决定，但转眼又明白，这才像是她会做的事。先把一切抛之脑后，船到桥头自然直这类会让我们觉得耻辱的规划，对她来说就是最好的规划。就像她三年前，在罗马上学不久便又跑去意大利的北方，再辗转到了博洛尼亚做餐饮。

“当然不是，我很早就想搬来佛罗伦萨了，今天也正好去看看公寓，算是凑巧吧。在问别人不知道多少遍‘水还是气泡水’之后，那天我问自己：‘水还是气泡水？’我才发现我早已厌倦了这种生活。”

我顺手切了个看起来鲜红可爱的桃驳李，一起扔进玻璃壶。听着气泡水打开的声响，她继续说：“因为我还没有明白我的生活到底是什么。”

桃驳李和无花果在水里不断浮沉，我知道那些水中的二氧化碳正在不断催促着这些水果释放它们夏天的味道，那是一种地中海的甜香。同时，融化的还有鼠尾草嫩绿色的毛茸茸的叶边。

“我最早的一个老板，是偷渡过来的。他说他躲在从中国驶出的货轮上，躲在集装箱的边缘，千山万水，真的是千山万水，才到达亚平宁半岛。

“当然，他并不知道那是亚平宁半岛，那是他的知识曲线还未触及的地带。

“几十天的航行，毫无食物，蛇头将他们丢上船后便匆匆离开。很多人在这趟旅程里还未到达马六甲海峡就奄奄一息了。他们仅剩的几个人将身上所有的家当都给了船员，以换取果腹的水和面包。风浪大的时候，满天乌云都能密布到船舱里。腐烂发臭的腥味在那时并没有封闭他求生的信念，反而一次又一次地敲打着他，提醒着他绝不能功亏一篑。

“当他们即将穿越苏伊士运河的时候，这本该是个航程即将到达欢庆的时刻，但船上所剩的偷渡者早已寥寥无几。

“最后的最后，他们到达的是一块陌生的荒地，翻过山岭之后才能看到城市。

“他们语言不通，知识又浅薄，只能靠体力来赚取第一份佣金。又过了几年，就会开个餐馆。这似乎是第一代侨民永恒不变的规律。

“所以，我的老板苛刻、小气、一毛不拔，甚至不通情理，为了不小心掉落的芝麻菜都会训斥你一个下午。

“所以，虽然我不喜欢他，但我敬佩他。”

她喝了口水继续说：“我无法体会在绝望和希望这样两种毫不对等的生活里依旧奋勇向前。所以我每次想到他的时候，就觉得我的辞职永远影响不了我的未来，只是我还不知道自己的生活到底该是什么样子。”

SUSINE
del

“就好像你，”她又喝了一口浸着果实和香草的气泡水，点了点头示意好喝，然后继续说道，“三年前在旅行，三年后还在旅行，那么不断的旅行是为了什么呢？”

“当然是为了逃避。”

我们都笑了笑，杯子里桃子的气息越来越浓烈。

“为了逃避，也为了看看这个世界，然后爱上它。

“有时候，在人与人的谈话中，会有少许沉默，我和世界的谈话也正是这样。我沉默，然后我去看看它的另外一部分。如果它有答案，就会在远方告诉我。”

她笑了笑说：“你还是对世界不死心啊！”

“你不也是？”

“是啊，你看佛罗伦萨这么美。即便我讨厌意大利，也不能讨厌托斯卡纳。”

杯子里的桃驳李透出一种意大利才有的明黄，在滚动的气泡水中沉浮——有生命力地沉浮。

“我不期望世界告诉我什么，只要我能不断地走下去，我的生活到底是什么自然会有答案。也许，我永远就这么走下去，生活依然空白一片，无聊的工作，无趣的人，但起码我有故事，就好像此刻我躲在托斯卡纳的艳阳下，我还有一杯桃子汽水。”她摇了摇手中的杯子打趣道。

朋友还没等太阳下山就走了，她说要去市中心看一眼公寓。道别的时候，我看她的背影还是和多年前在罗马时一样，像看一只信鸽疾驰而去。

是的，我们每个人都有故事，我们可以不是人类本身，我们可以是环境、是树、是果实、是汽水、是酒，是每一个瞬间的永恒。

我看了一眼桌上喝剩的汽水，夏日的高温让它变得更加脆弱。很快，气泡们就席卷而逃。我喝完最后没气的那杯水，打开手机收到来自冰岛的朋友的信息。大意是他们刚才在荒凉的雪山里迷了路，然后开了瓶酒喝，于是一切就有了答案。

是的，我们就是答案本身。送别了老友，也听了几段故事，在清醒地意识到明天即将离开之前，佛罗伦萨的最后一夜也没有什么不一样。

桃子无花果汽水

无花果切成片，桃子切成瓣。取各类香草，如薄荷、鼠尾草或迷迭香洗净备用。

将以上材料都放入一个大容器中，倒入气泡水，静置几分钟即可饮用。如若觉得味道不够，可加少许蜂蜜。

C2
LONGCHAMP
RK60 XHG
BUS STOP
BUS STOP

隔夜伦敦味

番茄豆子汤

today
Welcome

在昏沉睡了十几个小时，时差欲拒还休的凌晨，我起床去冰箱“扫荡”。当我的步子和头脑似乎还停留在拥挤而匆忙的希思罗机场时，外边依稀的晨光已努力隐现出云层白边的颜色。

平日里，家中的冰箱总是被塞得满满的，蔬菜被安放在第三格，两侧是乳制品的天下，最上层放满了早晨刚买的肉类。最后留下一小块空间是专门给柠檬的——那是厨房里绝不可少的东西。

要是寻思什么可以配着吃，那就一定能找到：煎了三文鱼，那就再切个熟透的牛油果；炖了莲藕排骨，那就再切一段腌得恰好的萝卜来配着吃；即便是随意炒饭的末尾，仍要加一个煮得七分透的水波蛋，撒上香芹碎，在捅破整个蛋黄之前，它们美好得就像春天草地上的太阳。

这样的冰箱，才是日子。

而当前的空白里，只有一盒在机场买的豆子汤——一小盒放在机舱里忘了吃，也凉了。在希思罗机场里，多的是这样的食物：面包烤得金黄却不香；菜叶、果仁分罐排开，方便易食，但丝毫不诱人；还有冷冰冰的烟熏肉制品，连肉味都没有；奶酪们也正无精打采地酣睡着，任人宰割。

机场里的所有人都处在快速离开和不耐烦的等待中。你听得见行李轮滚动的声音，也看得见分离的拥抱和亲吻，但你找不到味觉的稍作停留。在这个宽敞却又狭小的空间里，充斥着焦虑、兴奋、等待、重聚和别离。

没人愿意为了纪念别离好好在机场吃一餐饭，也没有人为了庆祝相聚在机场的食物架旁举杯畅饮。食物在情感面前被不断地消散与冲淡，也显得不再那么重要。

Diet

味道，最后成了万米高空以上的遗忘。

睡饿了，就格外渴望食物的填补。我把仅有的汤放进微波炉，很快，它就开始散发熟悉的香味——是芸豆、番茄、肉桂、丁香和嫩姜的香味。哦对了，还有胡椒味，像极了伦敦的街角，即便它是隔夜的。对，隔夜的豆子汤。

几年前，小住伦敦，在海德公园南边的房子里度过了一个又一个潮湿、阴冷的周末。伦敦的云层似乎从来都不能停止，静静地移动，一层又一层不停地落下细雨，一下就是几个星期。就连放晴的傍晚也沾着雨滴一起落下，乘着西斜的落暮，光线被折射出一圈又一圈模糊不清的颜色。环状的、左右对称的彩虹被挂在灰色、白色的建筑上，连虹光都是阴冷的，丝毫不会有雨后初晴那种抬头的兴奋。

这些阴冷的天气打湿心情的时候，也是很多我们懒得出门的时候，焯一锅花椰菜配白饭，再蘸点儿辣椒酱就是一顿又一顿。实在觉得食之无味，我们就挣扎着下楼去连锁店买个热食当一顿加餐，烤鸡干黄、面包即使乏味，也算是加餐的美好。

那时候的热豆子汤是我在伦敦阴雨下最温怀的东西，当我打开微热的盒盖：芸豆、番茄、嫩姜的味道扑面而来，还有胡椒的香气，再难以下咽的面包一蘸都能顺而扒去大半块。微甜而辛香的味道与撒了欧芹和橄榄油的植物香气混合在一起，扫完了一整盘面包和汤，似乎连伦敦的上空也不那么阴了。所有厚重味道的食物，你便会很容易忘记它本身的味道，于是连纸杯和便捷包装也皆能被忽略，一切都在香辛料的作用下成了一道盛宴。

然而，她从来不喜欢选豆子，杂菜清汤、番茄罗勒是她的选择。豆子汤们总在我怀里被满满当当地抱着好几罐。

只是这些速成的食物，人体信号在麻痹一段时间后，会突然觉醒，开始心生厌恶。那些廉价的包装纸味道在加热后愈发明显，那些汤也根本毫无生气，病恹恹地躺在碗里，连挣扎的力气都没有。在无数个阴雨天后，她毅然决定出门找家餐馆，抛弃那个方便、快速的时代。

我记得那家餐馆砌着砖红的门，金色的招牌有些陈旧。我们坐下点菜，看着好久不见的餐盘和刀叉，居然有了奇异的生气。莫名其妙地，我又点了道豆子汤做主菜，只是这次倒是配了份水波蛋，也撒了欧芹碎，显得像一个生机勃勃的春天。当那些芸豆、番茄、丁香和嫩姜的热气再一次被端上来后，她皱了皱眉头，问我："为什么又是豆子？"

"好吃，嗯。想吃吃热的。"

"好吧。"我感受到了她的无奈，接着她又倒了杯清水，好像要清理掉空气里热带香料们不断发散的气息。

"为什么你从不选豆子？"

她笑了笑，说："之前上学的时候吃太多，又齁又腻，似乎到现在也清不掉。"

"也是连锁店那罐吗？"

"对，就是那罐番茄味，现在都还记得里面洋葱块的大小，还有仅有的三五块没被打碎的番茄。吃太多了，实在太多。"她摇了摇头，有些无奈，"那时候念书，也没有太多闲钱，只图方便和价廉，一早扎进地铁，出来后只有三明治，面包夹面包闷得慌，多食几次味觉全无。但沾了汤的面包就是另外一回事了，连橄榄油的味道都被带了出来，再坚固难下咽的干面包，一湿润就变得温顺乖巧。而汤，番茄豆子再怎样都不会出错吧？那几味香料的风头无料可夺，连锁店里的罐头也能津津有味，番茄和豆子的味道一股脑地被扔到面包上。起初几乎上瘾，对，和你现在一样。只是后来，一连几个月，都是那股番茄味，连头都大了。再后来，就再也吃不下了。这些太浓的快速食物多了一定吃不下，你多吃几次就会懂。”此时，她脸上浮现了一个厌恶的表情。

可我没懂，豆子汤当时依旧是好味的，伦敦也依旧是阴雨的。这些都是持续好久的东西。

而后回家，在被油条、生煎、豆浆和酒酿年糕包围的晨光里，再也没提起豆子汤的事。那些阴冷的食物在亚热带不值得一提。

第二次去伦敦，因朋友的盛情，一路皆不用思考最困难的吃饭问题，那段时间里的食物丰盛到甚至有点儿伤胃。国王车站附近的汉堡店、里士满（Richmond，位于北约克郡）的花园餐厅，还有藏在高楼大厦里的华夫饼，甚至唐人街的烧鸭和炸鱿鱼也好吃到令人难以忘怀。对于豆子罐头的回忆，所有的街角都只是匆匆路过，直到机场连锁店里亮起熟悉的灯光。

而这时候的天光也大亮了，没有面包，我也舀完了最后几勺番茄豆子汤，依稀听到她从房间醒来洗漱，问：“又是这罐豆子？”

我笑笑：“正巧的伦敦隔夜味。”

“那，给我留一口，”她突然说，“等我刷完牙。”

当窗口的天色完全亮起来的时候，我突然想念起了阴天——那些懒散在家里、年轻的伦敦的阴天。

WOODSEER ST. E.1
City Spice
CITY
SPICE
OPEN
TILL
LATE
CINNAMON
CINNAMON
OPEN
TILL LATE
NAZRUL

VM
VINTAGE CLOTHING MARKET
Every Weekend
020-7770-6020

番茄豆子汤

将适量番茄切碎，胡萝卜切成小块，洋葱和生姜切丝，大蒜切片。

锅内加入少许油，加入洋葱、生姜和大蒜，炒至金黄，再加入胡萝卜和番茄继续翻炒。

待番茄软烂，加入适量芸豆，少许烟熏甜椒粉、胡椒粉、丁香粉、孜然粉以及姜黄粉。

倒入提前准备好的蔬菜高汤或者热水，加适量盐，待汤煮开后，调小火，一直慢炖到豆子软烂。

取炖好的汤，可以加适量椰奶调味，最后撒上香菜，配着烤过的面包食用。

千条万缕的悉尼

葱油面

六月的南半球，刚要入冬，金合欢花树正在开完最后一茬。这种澳大利亚的小刺灌木抖落着羽状的叶子，金色绒球般的花趁着煦暖的阳光洋洋洒洒，丝毫没有冬季萧瑟的倦意。我坐在从悉尼机场出发赶往市区的大巴上，一路被这些耀眼的植物闪得闭上了眼。

“太困了。”我说，云层颠簸和飞机上那些无聊但又要强迫看完的电影使我迟迟没有入眠。

“你真是浪费了这一路的好景，澳大利亚大半的景都在路上。一整片的桉树林比那些美国公路电影可好看多了。”一旁来接机的朋友无奈地摇了摇头，好像这景色长日将尽，再过去一段路就要将这光景湮没了。

我抬了抬惺忪的睡眼向玻璃外望去，灿烂的澳大利亚啊，满眼只有广袤无垠的暗黄色，桉树的树干上斑驳的白色在这片画里星星点点，似乎这片原始大陆在远古或者更早的时候漂到了世界的另一边，始终都是这样暗淡的黄色。

“什么都没有啊，一片黄色。”我淡淡地说，“连被称为世界中心的那块大岩石都没有，那个电影是在这儿拍的吗？”

“啊，你说艾尔斯岩石吗？那个在澳大利亚中部，离这里很远。可是，你要仔细看路边，偶尔会有窜出的食蚁兽，各种低飞的鹦鹉，还有永远都在兴奋的袋鼠都在这条公路上。”朋友紧锁眉头努力向窗外看，似乎要证明给我看这片广袤、原始的大陆上的某一处确实会突然出现令人振奋的东西。

可惜没有。

再后来也没有，只有永恒的黄色不断从我的眼前闪过。

我们的车终于进了城，钢筋水泥的世界也变得明快起来，车穿过乔治街差不多就到中心了。再走一段路，我们就该下车了。

澳大利亚真是空旷，住宅区皆为低矮的复式小屋，一旁高大的植物更显房屋的渺小。在南太平洋的风里，似乎一切都是静止的。院子里刚开的山茶花掉了几朵花蕊，铃兰也在这个季节突然冒出花芽。

我真想倒头就睡，一路的疲惫使我困顿不堪。如果这时候的草坪还氤着绿意，我一定会躺下去，然后裹着阳光舒服地睡着，但稀稀寥寥的草提醒着这个季节，是冬季。

朋友替我放好了行李就去厨房忙活，我打趣道："多年不见，连你都学会下厨了？"

我和他认识于小时候的补习班，他不爱说话，见人还露生涩。但几年过去，那些漂亮聪明又机智伶俐的友谊都早已在各种生活中离去，只剩他一人在国外回来时还能与我聚聚，聊聊小时候那些顽固愚钝的故事。

他笑笑说："不会，只是有阵子学了一道菜，也只会那一道而已。是个葱油面，前阵子在中餐馆打工就顺手学会了。"他一边说，一边切起碧油油的香葱，葱白先分开，葱段成五分，还算是有模有样，"也算是一解乡愁吧。"

"哦，是吗？"我知道下厨这事于他绝非那么简单。

他笑了笑，说得有点儿顿："其实，是因为一个女孩，那时她总来餐馆吃饭。"

"还是因为感情啊，真是个俗气的故事。"

"对，是挺俗气的，"他继续说，"太俗气了，所以之前也不好意思提起。"

我闻着橄榄油烧热的香味，继续追问："那也是个故事啊，时间、地点、人物、情节和结局是什么？"

“砰”，他用力拍完一瓣蒜丢进油锅：“之前，这个女孩总来吃饭。你知道我打工的那家餐厅只做川菜，她总爱点辣子鸡配饭，但每次总要问有没有葱油面，放酱油和蜂蜜做汁的那种。

“每次都是我帮她点的菜，我也只好总是说着抱歉。每天，她都是一个人来，一个人清汤挂面地披着长发，坐在角落的位置，一杯白水、一碗饭，再是一碗撇着红油的辣子鸡。吃饭很轻，也很慢，伸手拨头发的时候很好看。

“我不知道是恍惚还是事出有因，又或许是机缘巧合，有那么一次她问是否有面时，我竟然鬼使神差地答应了：‘有，会做，今天有。’她笑笑显得很开心，我也有那么一点儿愉悦。

“点了单，进厨房自然是被一顿臭骂，做菜的师傅批我不走程序，不愿配合。我实在尴尬，只好借了厨房一角想着自己弄出碗面来。”

“为什么不回去告诉她，无法做这碗面？”

“因为，因为一来不愿她失望，二来觉得不就是一碗面吗？另外，其实我不敢和她直接对话，我怕说错一些话。像是，你知道，很难。

“那天，我实在不懂如何煮面，连一锅水煮开后都手足无措。做菜的师傅看我手忙脚乱的样子，心一软，一边念叨，一边开始帮我切葱段、炸葱油。

“油烧热，葱段下锅，葱白先放，几粒花椒炸透，捞出，转小火，耐心等待。约莫半小时，这是熬葱油。”

此时的厨房也正弥散着香葱煎炸的味道，腻腻的油香味正在趁着花椒下锅，不断制造微麻的香气。

“那次，我在锅前傻傻地站了半小时，看着油葱从嫩绿变翠绿再变焦黄，一直到整锅油变得鲜亮透彻。看师傅在最后倒入酱油，再混点儿蜂蜜。伴着嗞嗞的爆油声，这些葱油被倒在刚煮好沥干水的细面上。

“一碗葱油面。

“我急忙端着碗向窗边走，递给她的时候，我还记得她眼里的欣喜，像突然出现在暴风雨里的帆，非常快地闪了过去。

“她只说了谢谢。

“之后，每天我都要带早晨熬好的葱油去上班，只为等她问出那句话：‘能点葱油面吗？要加酱油和蜂蜜的那种。’如果她不来，那我的晚饭就是这个了。

“次数久了，我也知道，熬葱油，火调到最小闷锅盖再等半小时准不错。

“后来，除了那几句，我和她也无其他可谈，她也不知道每天都是我做的这碗面。也许，永远也不会知道吧。”

“嗯，”他顿了顿，“直到那年的小年夜，我们提早至中午打烊，但老时间她依旧来吃饭。那天，她看上去气色不好，也许是哭过，也许是伤心，低垂着头，连呼吸都是灰色的。我收完左区域的桌子，只为她单独留了个位，便进了厨房。

“和往常一样煮完面，也调好酱汁，但这次，过完凉水的面里，被我混进了一枚硬币。时至今日，我也不明白当初这个莫名举动的缘由，也许是想起过年吃饺子时吃到硬币算是幸运的事。我也想把幸运带给她，就这么简单而已。也许我还想再看一次当初她欣喜的眼神。

“可是后来，却变成了错愕和一个笑话。”

朋友起身去煮面，细长条的干面在水里翻滚，从锅沿慢慢沉下去，像一朵低落的、细长的云。

“后来，她吃到这枚硬币，有些生气。嗯，是很生气。再后来，就没有来过了。

“一段尴尬又好笑的故事，不是吗？我连道歉都没来得及说。”

锅里的面开始翻涌，大概是好了。他将面捞出后，用凉水将它们稍加冲洗，说：“倒是学会了这个窍门，凉水冲面会更筋道。嗯，但不会真凉。”

他把热油浇在面上的时候，满屋子都是香气，焦香味混合着赤酱的咸香，让人想起了小时候夏天没有胃口的傍晚只爱吞面的时光。

“我们去外面院子吧，外面更舒服。”

我们拿了筷子顺势向前走，煎得焦香的圆葱静静躺着，一碗油澄澄的葱油面啊，一个盲目又可爱的故事。为了一个陌生人，为了一个满足的眼神，为了一把异国一解相思的焦葱，或许，还有其他什么吧。

我夹起一筷子滚着赤酱的面，囫囵吞下。想象着那天中午，他一定话很少，显得矜持又局促，而她一如往常地坐在窗口。淡色的光照进来，他欲言又止地放下水杯和泛着油香的面，说：“小姐，您的面好了。”也许，那天他该说点儿别的。

“也许有一天她还会为了这碗面来光顾的，不是吗？”

“也许吧。”

外面近黄昏，太阳的流金烫在那些树梢的时候，那些桉树也显得焦黄迷人，即便是这个星球上重复过数次的事，每个落日还是有尽头的。

但每段故事并不需要结局，以后，有那么多个以后。

葱油面

提前将细葱洗净，自然晾干。

取适量细葱，切成葱段。再把少许红葱头、大蒜以及嫩姜切片。

锅内倒入适量油，加入一个八角，倒入蒜片、切好的红葱头以及嫩姜片。待红葱头变软即可将这些材料捞出。

加入葱段，小火熬制，一直待葱段变得焦黄即可捞出。

取另一小锅煮开水，加入适量面。待面熟透，倒入冷水快速捞出待用。

同时取熬好的葱油少许，加入酱油和蜂蜜。

将混着酱油和蜂蜜的葱油淋在面上，拌上炸过的葱段即可。

四月窗外的东京

白斩鸡

东京的春天似乎特别短，东风一吹，刚开的吉野山樱就飘落一地。目黑川则更甚，整条河流的水面上铺满坠落樱花的时刻是最美的。风疾的时候，那些粉色被团簇成云丢在河道上，风缓一些就成了雪。不黏的雪，落在所有行人的头上，也落在所有兴致高昂的游客肩上。我们把这样的瞬间叫作浪漫。

我们想待到这个浪漫佳期快结束的时候，于是借东京的朋友的公寓小住。朋友也不嫌麻烦，走街串巷带我们尽力寻遍东京所有美妙的食物，从巷弄里的和果子，到藏在银座一角的江户前寿司，无一落下。

无奈东京太大，城市布局太密，所有高楼、巷弄里都可能躲着鲜美无比的尝试。我们根本无法一一试完，只得商量着下趟再寻，密谋着那些平假名和繁体字组合的店名，一排也是一整页。

也更因为，我们连日被昆布鲣鱼排列组合的氨基酸浸泡得已辨不出鲜味，也想缓一缓，从无限的味噌葱花、甜酱油和清酒的浓烈中暂时逃离出来，于是朋友建议回家小煮，我们自然称好。

近乎所有人都渴望中国式的清淡，于是不出意外地，主菜是白斩鸡。朋友进超市，利落地选好了一只整鸡，拿上一把青葱和生姜，再凑一味蒜就足够。

回到公寓，我们帮忙洗净材料，朋友烧开一锅水将整鸡入锅汆烫几分钟。撇去血水后，放入葱段、生姜，再掰一瓣蒜就是底料。材料实在有限，没有香叶、豆蔻，也没有八角、草果这些中国式的香料，再简单地落几粒胡椒就算中国味了。整只鸡在锅里开始烧滚，焖上盖子，汤底没多久就开始变成那种令人欣喜的澄澈的淡黄。随之而来的是冲破锅盖，并且快要满溢的香气。那种混着蛋白质和香料的美好味道，令人想起小时候下着大雪的冬天。那时候，屋内正炖着鸡汤，生姜和胡椒的味道格外令人欢喜，因为那是驱走寒冷的气息，也是即将上桌后全家围在一起品尝的感觉，是凛冽的冬季里少有的温暖感，是家的感觉。

现在，窗口还时不时飘进几朵粉色花瓣。出门时，迎面吹来的风告知着现在是一年中最美好的时光。我们还是在这四月里，也是东京一年最好的日子里，因为一锅鸡汤的味道想起了小时候的家。是的，味觉就是这么有记忆点的东西，它甚至能冲破春风的力量，撇去花瓣，撇去整个城市还浸在浮香的时刻，让你毫无防备地想起一些略带愁思的事。

鸡汤的味道越来越浓烈，快要和外面的晴空一起闪耀了。朋友打趣道，白斩鸡可能是她唯一会做的菜。

“为什么？”

“还不是因为简单，烧滚水放只鸡，熟了拿起来切两刀，完事蘸酱油，味道总不差。”

“这样的做法也是有点儿粗吧？”

“确实，确实，所以我后来学会加姜、葱，以及一切有用的香料，末了还要摘点儿香菜和着鸡油和酱油蘸来吃。放心，等会儿的菜不会太差的。”

“看来你还是半个行家吃法。”

“小的时候，外婆常煮给我吃。我特别爱吃白斩鸡，后来停了一段时间，自己煮过，不好吃。再后来，出国之前才特意去取了经。”

“停了一段时间？”我似乎过问得有些多。

“对，我小时候特别爱吃白斩鸡。鸡腿、鸡肝、鸡胗，连白相肉我都不放过。那时候，外婆常备着两碟子蘸料，醋、酱油、糖，漂着生姜是一碟，鸡油裹着香菜，淀着酱油又是

一碟。甚至鸡还没凉到能切时，我早已风卷残云扫荡光这一盘，甚至连酱料都不剩一滴。再配上一碗浇着鸡汁的白饭，正餐没开始，我早已经吃得满嘴流油了。

“爸妈老因这些事责骂我，原因不外乎不礼貌之类的。而外婆和外公总是宠我，这可以，那也可以，甚至托人找那些散养的优质肉鸡，顿顿为我煮。爸妈又一时说不得，想起来小时候的餐桌真是一种得意忘形的姿态存在着。

“只是后来，外公年岁越来越大，有天去医院后一家人脸色都不大好。后来，我才知道他得了糖尿病。这种糖代谢异常的疾病，在当时，我对这种病的了解只限于字面意思，但家里一时乱了阵脚，里里外外都乱了，战火甚至到了餐桌上。外公的味觉由于这种胰岛素缺失造成的疾病越来越差，五味甚至不全，在他的味觉里只有一个字——淡。汤淡、菜淡，清蒸油淋无味，红烧赤酱寡味，餐桌上目所能及的所有的菜都成了白开水，烧开之后也是无味。更不用说甜食之流，赤豆沙、芝麻糖早已上了黑名单。

“甚至后来，在夏天通风的院子里，我们抱来西瓜也只能偷偷在厨房啃食。小心翼翼地，生怕惊动鱼线底下游过的三文鱼似的，把一丝一毫的声响都降到最低。西瓜越沙甜，我们也只能吃得越小声。但我知道，这都是掩耳盗铃的蠢事，外公早已知晓，一切都知道。一家人沉默着不说破，或许也只是为了那所谓的‘面’和‘和’。那段记忆里的食物开始变得灰暗，所有的食物都是被隐藏在一张缎面纸下的，光透进来，我们要假装它出不去。像影影绰绰的灯会，你还是知道对面窗口是谁在唱着曲。

“但我知道，外公是忍不了的。有一次半夜，也是夏天的夜晚，院井里洒着月光，竹影从纱窗里透出来，早秋的鸣虫早已等不及转凉，等白日的热度一退就开始跑出来歌唱。我半夜馋嘴，跑去厨房偷吃下午冰着的蜂蜜桂花糕。一进厨房，我就看到外公坐在摇椅上，神色尴尬地整理着桌子。我当时太不懂事，叫醒了一家人，而我像一个发现了不得了的秘密的将军回到房间。

“外婆的菜越烧越重口，为了调和外公的口味，家里的油盐酱醋越用越快，甚至我最爱的白斩鸡，盛一碗鸡汤，五分之一都是盐，厚厚的一层裹在那里，根本动不了口。外婆从整日以忙活烧菜为乐变为在应付一门苦差，一家人都食难下咽。不明事理的我甚至开始发脾气，从叫外卖食物开始，一直到拒绝吃饭，最后我甚至搬出了外婆家的餐桌。于是，我们家的餐桌上为了我就只剩下我们一家三口。我更是赌气，再也没去过外婆那里。一晃好几年，除了过年，我再也没上门吃过一顿饭。我也不愿做长时间停留，顽固地认为那里的餐桌是灰色的、是冰冷而无趣的，甚至是难吃的。

“一直到我离家来日本前的几个月，我去拜访外婆，才知道她仍旧常煮白斩鸡，依旧两个碟放酱料，一碟醋、酱油、糖，漂着生姜，一碟鸡油裹着香菜，淀着酱油。也依旧为我挑出鸡腿、鸡胗和鸡肝，珍藏成一碗，为等我说不准的哪天突然造访。可是，那碗最好的白斩鸡我一次都没有吃到。后来我才知道，‘平和’和‘温情’在一个家庭里的重要性。那时候，外公的病，大家也知道医无可救，全家人都觉得他可怜，每每托我从日本寄零食给他。现在我回国，半个箱子都是给他的零食。即便我知道这种放纵毫无好处，但也毫无他法。”

我们沉默了好一阵子，不知道该说什么去冲缓这种略带忧愁的气氛，也不断翻滚着自己内心里对家的小撮愧疚。多久没回家好好吃一顿饭？又多久没和长辈们聊些无关痛痒的琐事？哪怕只是一种无所谓的负荷。同时，翻滚的还有那锅鸡汤，胡椒、生姜和已经煮软的葱段欢欣鼓舞地跳跃着，似乎它们愿意打破这略伤感的气氛。

“但我还记得那天我随意问外婆白斩鸡怎么做时，她忙前忙后准备了半天，甚至略带唠叨的溺爱里那灿烂的笑容。”

朋友说到这段，也是笑着的。接着，她背过身，坐过去关了火。

锅里的鸡肉已经是嫩鹅黄的颜色，她撇去浮沫，捞出放凉。再一会儿的工夫，葱丝已切好，姜丝也码齐。小碗里盛着日本产的酱油，一定又是鲣鱼和昆布的氨基酸味。也好也好，反正盖不住这中国味制的气息。于是，我们假装是老抽似的用了它，细葱和生姜放在碗里，最后匀上鸡油。一旁的整只鸡也已稍凉，一斩，一垛，一整盘的清香。

“如果有香菜就好了。”我们嘟囔着。

反正也不差。

盛一碗白饭浇鸡汁，大快朵颐地回到小时候的时光。四月的东京最好的时刻都比不上这餐的美好。浪漫是一瞬间的事，而温情却是永远的暖流。

“我想我最后悔的事，应该是那几年没有多陪外公和外婆吃几餐饭吧。”

这是我听到朋友在切葱丝时自白的话语。

对所有正年轻而觉得无畏自傲的我们来说，也是吧？

外面的樱花开始不断地加速落下，我知道这个浪漫佳期快结束的时候，我们该回去了。

白斩鸡

将全鸡洗净备用。

取一个锅加入冷水烧开后，将全鸡放入汆烫几分钟。撇去血水后，倒入料酒，加入切好的葱段和姜片，以及少许豆蔻、八角、胡椒和草果。

水再次开后煮十几分钟，转为小火，约半小时后即可捞出全鸡。

取少许鸡汤，加入适量生抽、老抽和香油，再加入切好的细葱末和香草末作为酱料。

待全鸡冷后切片蘸酱料食用。

一个伦敦郊区的下午

鲑鱼三明治

伦敦的地铁支线繁杂，难以记得明白，像本章回体的小说，反反复复，得厘清顺序和姓名才能读下去。这本小说已经有150年的历史了，依旧繁忙有序，我拿着印有周年纪念的地铁卡，望着这个遥远的蓝色数字出神，一路坐到底站。

底站是里士满——伦敦西南部的一个区，这里曾是查理一世狩猎的花园。出发前，我的朋友兴奋地告诉我："这里有伦敦最好的温室餐厅和有趣的花房，总之，你一定会喜欢。"车站门口沿街矗立的是陌生的红砖房，并不高大、密集，懒洋洋的，像这里散步的路人。应该是富人区，我心想。

走了一段路，确信没有走错方向，我开始四处打量这里的树。这里多是高山寒樱，沿街而植，刚到春天就急急忙忙地开出一簇簇粉色的花，引来山雀和长尾鹦鹉一阵啄食。每棵樱树像是有生命似的，不断落下殷红、粉红的花朵，带着乱颤的枝丫和偶尔飞起的羽毛，生机澎湃。我沿着跃动的红色枝丫向前，一路的春光太好，让人想到南半球的阳光，过度暖和、金灿灿的阳光在你的眼眸上跃动，被春风熏昏了头脑。

两侧开始出现低矮的白色石墙，我变得越来越疑惑，温室玻璃房和大片的栏栅都仍未有踪影。我停下来，向后方匆匆走来的一位黑发女士询问餐厅的方向。

她微笑着点了点头，"我应该知道，"她看着手机继续说，"我的导航显示就在附近，正好我也要去那儿。"道谢后，我跟着她的步子慢慢向前。

同样感谢这个受益于科技的世界，我们的旅程没有绕弯路。径直走过一片低矮的草堆，餐厅的门廊终于显现，门廊上挂满了藤本茉莉，浅白色的小花星点低垂下头来。张望进去，是各色花朵垂坠的影子。接下来几分钟的路程，现在想来，太过不真实，像是未曾出现过那样：顶棚的玻璃上蒙着一层薄薄的雾气，偶尔有水汽漫下来拂在我们脸上；角落里风信子和铃兰静静地开着，绣球花刚有嫩芽；头顶是低垂的还未开花的月季，我甚至想伸开双手去触摸那些柔软的花蕊和叶子。

穿过一片颤动的花群，转弯后到了木质的取餐台。台前的黑板上用粉笔写满了今日的午餐：烤时蔬、苹果柠檬馅饼……

“两个人？”服务生问道。

“不是，哦，对，”她转向我问，“一起吗？”

“好啊。”我笑了笑回应，然后快速点完餐。

就这样，我们坐在了同一张桌子上吃饭。她皮肤白皙得像旁边的丁香花蕾，黑色的头发卷曲着垂坠下来，拂在肩上静默不语。她说她从美国来。“你不知道，”她倒了杯气泡水，一点儿也不像看上去那么沉默寡言，继续说，“你不知道我这个年纪第一次来不列颠，飞机上广播不断重复播报着穿越大西洋、跨越挪威海峡的时候，我第一次知道这世界真的这么大。我推开飞机的遮光板向下看，都是暗沉沉的蓝色、白色，哪里都一样。后来，我看到了绿色的陆地和岛屿，整个人像游离在海中央。”

“对，”我说，“小的时候我坐渡轮，躺在船上的游泳池玩耍也是这种感觉。那时候，我的周遭都是水，我的确也在海中央，但好像又不在。奇妙的是，周遭与世界的边际是那么遥远。”

“嗯，我还没有试过坐大渡轮，我这个年纪是不是有点儿迟了？”她笑说，“我在密西西比长大，那里满是玉米和河流织成的网，”她用手比画了整个大小，继续说，“即便是英国，用着同一种语言，隔了一个海洋，对我来说也是遥远的地方。嗯，这里的菜也没有那么难吃。”她指了指点的熏鲑鱼（此处选用的三文鱼）配面包，打趣道。

“是啊，我的沙拉也不错。”

她用叉子轻轻刨去放在顶上的莳萝叶：“我不喜欢这个东西，为什么人们总是一成不变地要把三文鱼配上莳萝？然后号称最佳搭配，你觉得呢？”没等我回答，她继续说，“我并不想因为这些传统而强迫改变自己的选择。”

“不过有些时候，固定的经验提前告诉你什么是最佳、什么是最好，譬如面包和三文鱼之间需要抹上牛油果。”我看了看被她放在一旁的莳萝说道。

“并不全然是这样的，有的时候，人总是希望多一点儿自我。”她突然开始谈起她的故事。

她 46 岁，也曾拥有年轻，以及幸福的家庭。直到几个月前，她离了婚出来旅行。

“我和他很幸福，曾经，我们因为爱情而选择了婚姻。可几年后，我们变得难以沟通，那些距离感不是因为缺少爱和自由，而是我的生活实在令人疲倦。幸福、安宁、一成不变，简直没什么值得一提的。我们相敬如宾，生活温润而有序。但是有一天——结婚周年那天，他带着我去旅行，这也是我们最长的一次旅行，去密西西比的南部。我们沿着河向下，我在火车上可以看到外头那片闪闪发光的湖泊和低矮的树林，带着的三明治和几罐汽水也被阳光晒得温热。光从车窗里照进来，照在他的脸上，一样的平和安静，我打开三明治递给他。嗯，和今天一样的三明治，”她顺手掰着面包片继续说，“我们沉闷不语地坐了一个上午，那时候我才发现，我无法感受最初阳光照在他脸上和我心中的悸动。我再也无法温柔而深沉地亲吻他，我们依旧礼貌地拥抱甚至牵手，但是我们沉默，像是静坐在海中央的孤独感。于是，我决定离开他。”

她卷起酱红色的三文鱼肉，挤上半片柠檬汁。柠檬汁慢慢地浸润到底下的面包里。

“婚姻协议再也不生效后，我辞去了工作，收拾了东西，没有索取也没有留下。那天和他在院子门口说了再见，之后我就来到了这里。”她放下手中的柠檬补充道。

“孤独感？”我问，“如果婚姻平缓有序而稳定，不是家庭和睦长久的最好预兆吗？”

她笑了笑：“孤独感？年轻人，孤独感与生俱来。年轻的时候，我们需要制造理想的恋人，我们和他们一起成长，不断创造、复制出另一个类似自我却又不能完全靠近自我的标准。那时候的恋人，完完全全按你的标准来制造、按你的标准来完成，也同时创造了一种信任、自由。

“但是，无论我们做过什么，都不可能永恒不变。也正是这种自由，被束缚、被困住之后，你会越来越费解和难过。当有一天，接下来的一整年，你都在思考和怀疑你的生活，这时候，自由早已消失。

“因为自由，我们的人生只是在讲一个给自己听的故事，理想的恋人、理想的婚姻都太过于自我，所以也难以实现，因为你知道，满足自我才是人类基底里最需要的东西。吃饭、睡觉或者跑步，作为一个生命体的一切都是为了欢乐和自由能够延续，而平缓有序的生活阻止了这一点。那里什么都没有。

“也许你什么都有，但是你仍然错过了生命，因为你心中少了一点儿疯狂。如果你可以疯一点儿，你就会知道生命是什么。”她顿了顿，继续说，“又或许理性有的时候是一种癫狂，但这种癫狂也使我逐渐明白我的生活。也并非有一场突如其来的事故使我明白人生的短暂和不能妥协，而是渐渐地，这件事就这么发生了，一步一步，时间就到了这里。说到底，我们都是为了自己而活，不是吗？”

“嗯，也许吧？”显然我更适合倾听。

“我脱离温暖的南方来到北边，一切晕头转向的事物也重新开始有了聚点。我知道会有好事发生的，会有的。前几个月，我在这里遇到了一个植物学家，我们开始约会、恋爱。他像一棵北边的树，严谨、认真，但仍然有趣。他来附近的皇家花园工作，而我一个人找到了这里。爱情仍旧没什么不同，只是我不再那么期待结果。”

我继续听她讲述，她谈她家乡温暖湿润的河流和那里的阳光、那个植物学家和伦敦奇怪的天气。直到盘子里只剩下莳萝和掉下的面包屑。我开始想象她说的皇家花园——那个查理一世狩猎的地方，现在那些鹿仍在奔跑，跑向远方一直到密林深处。

“人生真的很长，即使我现在也仍这么认为。风、海、面包、汽水、植物，生活的平凡事物在每日的一开始再一次变得无瑕，没有什么无法重来，直到现在我感觉自己依然年轻，丝毫没有变老，因为我拒绝放弃任何东西。”

晚些时候，我们道别，我看着她背影匆匆但不急忙。

“也许你什么都有，但是你仍然错过了生命，因为你心中少了一点儿疯狂。如果你可以疯一点儿，你就会知道生命是什么。”

后来，我偶尔在书里找到这句话，想起她的故事像密西西比的支流绵延不断，想起她挑出鲑鱼上的莳萝。我想我是否有一天也不再对自由感到好奇、对平稳感到恐惧，就像我躺在轮船上的泳池里，感受四下的海洋。

那天，和她道别后，我折返又买了去里士满的车票。这次，我想去皇家花园，在列车上带上我的鲑鱼三明治。

The Royal Borough of Kensington
and Chelsea
BOLTON
GARDENS, S.W.5
NO. 10 →
← NOS. 11 - 15

鲑鱼三明治

面包切片后放入烤箱烤至稍稍金黄即可。

将牛油果切片，柠檬对半切开，洗净少许芝麻菜备用。

将芝麻菜放在烤过的面包上，再摆上切好的牛油果，撒上适量的油醋汁，最好是橄榄油和带着甜味的意大利黑醋，再放上适量烟熏鲑鱼，如能撒上些许核桃碎及蔓越莓、放上莳萝叶会更好。

我流动的巴黎

杏子蛋糕

不知道从什么时候起，巴黎似乎成为我的一个心结。大概是从大学时谈的一个女生起，彼时我去苏格兰找她，听她谈起巴黎的事，巴黎的街道、巴黎的夜晚、引得游人欢呼雀跃的发光的铁塔，还有那条穿过整个巴黎的塞纳河，都在我想象的盛宴里流动。我实在太羡慕，于是约定隔年一起去巴黎，那似乎是个尤其适合恋人去的地方，光、影，一切都在闪耀。

只不过，约定总是会像一个玩笑。当年十月，我只能一个人独自去了巴黎。那时候想的巴黎，画面里有过穷困潦倒的海明威，有过最美好和唏嘘的菲茨杰拉德和泽达尔，也有过普鲁斯特为躲避巴黎街上熙熙攘攘的嘈杂，而在夜晚写作。

当我真的到达那里的时候，海市蜃楼里的一切都像是真的，一切似乎都那么美好。巴黎的晨光确实是鸽灰色的，巴黎的夜晚也确实璀璨耀眼，而铁塔的光对我而言是地中海里航行的船，只看到隔岸灯塔的那种光芒。我在从戴高乐机场出发的路上，像一个被涌动的幻觉击晕的游客，第一次觉得所有的抵达，都是实际而清晰的。

于是，在那个匆忙的黄昏，我放下行李，就跑去塞纳河边。十月的风还是轻柔的，我见到那些游船在金色的柔波里驶过，船上的美国游客大声向岸边的行人呼喊，以他们特有的方式表达欣喜、感动或者爱。也许是塞纳河的夕阳实在太美，晚风熏得醉人，在我的身上竟然有一种莫名的冲动。这也是我第一次在一座完全陌生的城市里涌起的一股冲动，那股热情的力量，在我短暂停留而离开后变成一种绵长的思念——一种无法断绝的思念。我身边总有个海明威在写："巴黎古老，而我们却年轻。这里什么都不简单，甚至贫穷、意外所得的钱财、月光、是与非和那在月光下睡在你身边的人的呼吸，都不简单。"

是的，不简单。于是半年后，毕业的那一天，我连学士服都顾不上穿，就订了张机票再来见它。事到如今，我都觉得这个举动太过草率，但我一点儿也不后悔。那是夏天的巴黎，樱桃红、杏子黄，流光长，一直到夜晚十点，巴黎天光还在。

这次的黄昏，我跑到凯旋门，香榭丽舍大道上人潮汹涌，悬铃木被修剪得齐整，所有游客都在抓住过街时红灯的那一刻，努力用相机拍下和凯旋门的合影。而绕过凯旋门和香榭丽舍大道，在富兰克林·罗斯福站向右拐，那里的巷子清静到能听到鸽子起飞的声音。我在街角的蛋糕店买了块杏子蛋糕，随意地坐在长椅上，身边伴着要落日的巴黎。

这个时刻，我感到了一种依附感。这种依附感是带着家的感觉的，它温柔又影影绰绰，捉摸不定。现在的我坐在巴黎的长椅上，这时候，巴黎是我的。

我这样危险地想着，我在巴黎竟然有了占有的感觉、有了家的感觉。可我在这座城市里却什么都没有，也无处安放任何东西，我的行李仍躺在酒店，它们到某一个时刻就会被驱逐出境。而我也大约只记得住巴黎的十分之一，甚至连十分之一都没有。我记得六区有我喜欢的公园，十一区有我喜欢的餐馆，三区藏着我想去的咖啡店，但我无法朗读出每一个街道的名字、认出每一个站台的标志，甚至每一个从身边走过的巴黎人都神情冷漠。

我喜欢这一种过于自我的感觉，成了一种强迫感、一种依附感。而在旅行中，有一种家一般的依附感，实在太危险了。这种感觉，在巴黎尤甚。

我匆匆吃完蛋糕，绕过凯旋门，趁着最后的落日未尽，回到了酒店。接下来的几天，我带着这种危险感一路奔跑，每一寸在巴黎度过的时光都是慢的，也都是快的。我无法形容那种感觉，像是你见到多年未见的恋人，一时不知所措，想着终于能与她长久和安稳，可是往往事与愿违。我将这种感觉带回真正的家，就又成了一种无法断绝的思念。但同时，这种思念告诉你，你无法真正拥有她。

当我第三次来巴黎的时候，终于不是黄昏。我是在巴黎天光刚亮的时候到达戴高乐机场的，一路的栗树都镶着金色的边，巴黎又开始显示出它独有的姿态，连树木都是带着娇俏的。

这次，我想走得慢些。

我从六区的卢森堡公园漫步而上，路遇 L' Hotel 酒店，这里是王尔德最后逝世的地方，博尔赫斯也是因为这个原因在巴黎逗留时住过的地方。如果不谈起这些，酒店并无二样，但如果不谈起这些，巴黎似乎会变得黯然一些，尤其对我们这些异乡人来说。

我突然明白了些什么，如果没有这些，巴黎还会不会令我们迷醉？

接着，我穿过艺术桥，穿过巴尔扎克的故居，穿过雨果的故居，穿过莎士比亚书店，穿过巴黎圣母院，也穿过巴黎的咖啡和酒。艺术桥早已因为游客贪恋挂锁而不堪重负，在那些爱情的纪念面前倒下了，换上粉色的纸板，可笑又无聊。莎士比亚书店也已被游客占领，而拍照在这里仍是被禁止的。

我还是回到福兰克林·罗斯福站旁边的小街上，重新买了块杏子蛋糕。我知道那味道一定和去年吃到的一模一样，但与我记忆里的那块相比却少了许多甜蜜。

我在长椅上待了许久，看着行人往来。路口总是有很多人，他们带着欢笑，用相机愉快记录着。我想起不远处蒙田大道上那家日本餐馆的厨师告诉我，在巴黎做好的寿司真的不容易。

是啊，不容易。我们独自远在异乡，身边是陌生的风景、陌生的人、陌生的言语与文化，我多次感到害怕，也多次感到欣喜。我为暂别工作而欣喜，我为暂别周而复始的日子而欣喜，我也为暂别熟稔到有些让人觉得乏味的人群而欣喜。

我突然又找回那种家的依附感，这次的依附感是有距离的。它先斩钉截铁地拒绝我，而后又向我靠近。

我同时感到了快乐和悲伤两种情绪，像是恋爱又立刻分开的情绪。而超越这些的，是当下。

是的，当下，是生活。那么，上一次我们思考生活，又是什么时候呢？到底是什么让我们来到这里？是什么让我们做一次告别？又是什么让我们退回原处？在这里有家的人、即将有家的人、渴望有家的人、离开家的人、想念家的人，这个时刻，我都在巴黎。

在这个瞬间，我又想起那个日本餐馆的厨师谈起巴黎："但我不愿回去，有一天我有一种感觉，这种感觉在后来一部电影的最后一段被呈现，'这一刻，我开始爱上巴黎。同样这一刻，我感觉到巴黎也爱着我。'是的，我想这里也是我的家了。"

但我不一样，对我而言，我只能只身做一个多愁善感的游客，带着我那危险的如家一般的依附感。

我吃掉最后一口杏子蛋糕，走向凯旋门。那块杏黄的蛋糕像半截落日。

我无法告诉你这个城市的每一条街是什么样子的，尽管它们已经在他人的黄昏里被重复了很多次。就像博尔赫斯写阿根廷："我也不知道利瓦达维亚广场的那一次就是南方的开始。"（引自博尔赫斯作品中的句子。）但我走在这个时刻的凯旋门，落日又徐徐地落下，和上一次一样。我走得很慢，想尽量延长这个欢快的时刻。

"它是世界上最富诗意的东西，一杯苦艾酒和一轮落日又有什么区别呢？我感觉大簇大簇的郁金香抚弄着我的脚。"我不知道王尔德是否是在L'Hotel酒店里写下的这句话，但我感觉此刻在落日里，也有大簇大簇的郁金香抚弄着我的脚。

我知道巴黎不是我的，世界上有很多种爱，并不是每种爱都会有回响。

杏子蛋糕

取约200克黄油，要注意防止黄油在室内回温软化，分几次加入等量细砂糖打至蓬松。同时，将杏切片用适量糖腌制一段时间。

在适当容器内加入150毫升牛奶、适量新鲜香草籽和三个鸡蛋混合均匀。

称350克低筋面粉过筛后，加入牛奶混合液体，再加入打好的黄油充分搅拌均匀。

混合后的液体加入腌制好的杏，倒入蛋糕模具中。

烤箱预热至170℃，上下火，约一小时，查看成熟度即可。

蛋糕出炉后，可选择在表面刷上适量柠檬糖霜，或者略去此步骤。冷却后，搭配新鲜杏和奶油或酸奶即可食用。

罗马的午后

火腿蜜瓜

我从西班牙大台阶上下来已经是中午了，即便已到十月，地中海的太阳还是明晃晃地刺眼。我几乎是跑着逃离这个地方的，远离台阶上那些脏乱的空瓶，满地是还未化掉的冰激凌，以及不断塞给你花束并想尽方法偷去你钱包的吉卜赛人。

跑下来的时候，我如释重负地喘了口气，往后望去，依然有前赴后继的游人踩得台阶上那些冰激凌蛋卷“咔嚓”作响。而就在一旁，雪莱和济慈在罗马住过的公寓却只有寥寥数人。似乎没有人在意这两位伟大的诗人曾经写过什么，所有人只记得罗马有个假日，而假日里奥黛丽·赫本在西班牙大台阶上吃完了一整个冰激凌。

罗马真是一言难尽，我一边想着，一边朝着威尼托街走去。我拐进一家杂货店，这是典型的意大利式的小店，烟、咖啡和车票都在这里贩卖，甚至还有印着好笑图案的彩票。老板心不在焉地给客人们冲着咖啡，顺手似的塞给我一张车票。出了门，我一路小跑，正好赶上迎面而来的公交车。

罗马的主街道宽广而阔气，两侧的丝柏像从画中拓出来似的，挺拔得不真实，翠绿得也不真实。公交车拐过纳沃纳广场，我从远处就能看到贝尼尼雕塑的《四河喷泉》，石材被他塑造成流动的长河般温柔的线条，却又紧张有力地被雕成近乎完美的人类形状。与此一同被看到的是一群又一群争先恐后需要合影的游客。尽管在罗马，这些巴洛克时代的荣耀随处可见，但这些荣耀也总是被淹没在无尽的喧哗和吵闹里。也许到了晚上，这些荣耀才会重现光芒。唉，罗马真是一言难尽。

公交车拐过一个开满素馨花的矮墙，我就到站了。径直走向和朋友约定的餐馆，服务生客气地帮我移开椅子并递上菜单，我看了看时间才发觉尚早。也许是对罗马有一丝失望，所以才步履匆匆，望着对面一口气吃了一整个比萨的意大利人，我只点了盘火腿蜜瓜，然后等着朋友来。

服务生依旧客气地拿了面包给我，顺手要把菜单拿走。

“不好意思，留着菜单吧，我在等朋友来。”“哦，好的，先生。”他把菜单理了理再放到桌上，笑着说，“用餐愉快！”

餐馆里的人越来越多，熙熙攘攘地挤满这个本来就不大的空间。我一边对着这么多的人感到一丝不适应，一边又暗自庆幸幸亏来得早。因为只点了一道前菜，所以蜜瓜火腿很快端了上来。蜜瓜被一丝不苟地削去绿色的网纹皮，橙黄色的果肉显得格外诱人。也许是因为熟得太透，瓜瓤上像是镀了糖水似的闪着金光。轻薄的帕尔玛火腿就盖在这上面，红色深得像带油的大理石。

我刚拿起叉子，一个陌生的声音就从头顶传了过来：“我可以坐这里吗？”我转过头，是个看上去年纪略大的意大利中年人。也许是因为太阳太大，十月的天气里，他的头发都能因为汗湿答答地贴着脖颈。

“因为实在没有位置了，我吃个饭就走，非常快，应该没问题吧？”他不等我回答，就已经移开座椅顺势入座了。我喝了口水，只好尴尬地说：“也许，可以吧。”他非常自如地摘下墨镜，用意大利语叫来服务生，顺势点了份意大利烩饭。如果我没听错的话，应该是意大利烩饭。

他又要了个杯子，非常自然地拿起了我点的气泡水，倒了一杯，猛喝一口后带着畅快的语气问我是否过来旅行。

我点点头，刚准备说什么却又被他打断：“我在这里住了 30 年，搬去郊外一阵子，但最终还是回来了。我还是喜欢城市，郊外只有柠檬和橄榄树，以及早晨起来后一堆无聊的鸟叫。你呢，你去了哪些地方？”

“没去什么地方，斗兽场、西班牙大台阶，刚到的时候顺便走了走特韦雷河。”

“果然是无聊的游客，”他显然没有在意我的想法，有点儿不礼貌地继续说，“应该在晚上躺在罗马的街角，躺在那些白天围满讨厌的游客的喷泉边上，看着那些三三两两的行人走过，这才有意思。所以我才喜欢城市，人们出现，然后消失，但你看不到他们老去。”

他说这些的时候，顺手拿起我还没动过的火腿蜜瓜塞进嘴里：“嗯，这才是生活里的好东西。”看得出他似乎很满意这道前菜。

“罗马什么都有，罗马也什么都没有。”他嚼着食物，一刻也不愿意停歇地说起他自己的故事。逻辑混乱，章节无序，加上意大利口音的话语，让我错愕和难以辨析，我只是觉得尴尬，只想等他赶紧吃完后离开。

于是，我沉默而不应答，假装对他的话语充满疑惑。不过，他好像满不在乎似的继续说道：“你听过这首歌吗？现在放的这首。它叫作*Postcards from Italy*（《从意大利寄来的明信片》），听过吗？这里头唱的歌词和我当年给我妻子说过的那些甜蜜的话一模一样，所以我记得。*Postcards from Italy*，而我现在依旧回到意大利。真是讽刺。”

我实在无法完全理解他的意图，却也拉不下脸催促他赶紧走开，反而被他这些无理、无序的行为带起一丝莫名的兴趣。反正朋友还未来，等待无聊，随他讲吧，权当笑话也无大碍。

他哼起来：“When she will marry me outside with the window trees /And play the songs we made.”（“她将会和我在窗外的那棵柳树下结婚，唱着我们自己的歌谣。”）

“但是现在，我还是回到了罗马，回到这个我和她一开始相遇的地方。旅行，旅行能带给你什么呢，年轻人？当初，就是这场旅行让我和她相遇，我们就在对面那个公园里一直聊到天亮。”他继续吃着蜜瓜火腿，侧过去用手指了指对街那个公园。

我顺着他手指的方向看去，就藏在我刚路过的开满素馨花的矮墙后边。那是个小小的公园，看得出那里种了一小片绿色的橄榄树。

“我唯一想念的是当时清晨悠长的天光和熟悉的树的声音。可是现在，我整夜躺在那儿都听不到那种声响了。是的，旅行有趣。旅行之所以有趣是因为它能让你陷入愉悦的幻觉，让你浮想联翩，觉得一切都是新的，新的开始、新的爱恋和新的生活。而跳过这些呢？一切不过是失望和厌倦，以及不知所措的徒劳。难道不是吗？并没有什么新的开始、新的生活，旅途会让你迷失。”

我笑了笑，此刻我只想抢下最后一块还盖着那片艳红火腿的蜜瓜。还好，我成功了。在他无法停止的唠叨声中，我顺利将餐盘清空。馥郁咸鲜的帕尔马火腿，带着风和烟熏的味道、混着岁月洗礼后油脂的芳香，再次袭来的是蜜瓜清甜浓厚的气息。咸甜和鲜交融，不知道是谁先发现这样伟大的食材契合的。

“咦，没有菜了？”他嘟囔道，又喝下一杯水，继续沉浸在自己的世界里，“回去吧，年轻人，旅行能给你的只有幻想。而我现在只愿意想念过去，我用一整个罗马来回忆我当初逝去的情感和善意。那些情感和善意的离去，一部分是因为倦怠，一部分也是因为大意。别再来罗马了，这里的辉煌荣耀早就离开了，一切都是虚设的幻影。你看那些斗兽场广场附近的恋人，都带着金灿灿的笑意，因为他们不知道这个城市在午夜空旷寂寥得吓人。再伟大的建筑和艺术都属于孤独。而我想寻找更美好的事物，但是，并没有找到。”他突然起身准备离开。

“哎，你点的烩饭还没上。”我喊住他。

“不用了，谢谢你年轻人。”他临走时似乎很有礼貌地将刚才坐过的椅子往桌子下面移了移。

除了桌上已经空了的盘子和只剩下一点儿的气泡水外，没有其他痕迹彰显这段莫名其妙的对话发生的真实性。直到那盆烩饭终于上桌，以及朋友匆匆地赶到。

“不好意思，不好意思，太堵了今天，路上全是游客大巴。”朋友忙着抱歉。

“不要紧，不要紧。”顺带着，我将这段奇妙的故事告诉他。话声未落，只听他急忙提醒说：“小心钱包！还在吗？”

我翻了翻袋子，幸好钱包还静静地挤在书本间的角落里。

“这种奇怪的事以后要小心，毕竟这是罗马。你也知道罗马和巴黎……”

罗马真是一言难尽。这座城市被给予和承受了太多，所有美好的事物都在罗马，而那些不美好的事也同样在这里。

最后，我们又点了一盘蜜瓜火腿，还是一样鲜美好吃。我们坐在椅子上，望着街上那些矗立的丝柏和沉甸甸的柠檬树，地中海十月的风也很和煦，让人恍如身在四月的春天。倒也对罗马没有那么失望了。

火腿蜜瓜

将蜜瓜去皮切成块状。

取切好的帕尔马火腿裹住蜜瓜。

可以撒少许甜椒粉提味，甚至淋少许蜂蜜，搭配鼠尾草或者薄荷叶食用更佳。

北大西洋不落的梦

半熟北极螯虾

快八点了，天还是一点儿也不见要暗下来的迹象。

“已经三小时了。”周遭的人开始急躁地叹息，但踱步来回再多，也是画地为牢，除了肆意生长的野草，就是不断飞过眼前的鸥鸟，贼鸥、黑头鸥、银鸥、信天翁……这些鸥鸟多得难以计数，它们肆意地飞过悬崖和海面，丝毫不解也不顾我们的苦虑。

八点一刻，已经是它们归巢之时了，它们从海的另一侧滑翔而来，像一场黑色的急雨。同时归来的还有鱼虾满筐，那些鳞片上的粼粼波光，对于饥肠辘辘的我来说，好像都能依稀可见。

起码，它们拥有归家的幸福。

早晨，我们乘坐第一班船一路摇晃到达 Mykines 岛，上岸时可没有料想到北大西洋瞬息万变的岛屿气候竟然能将回程的船只阻挡在这片海域之外。岛上仅有的几个住户无奈地告诉我们，这是常有的事，也许再晚一些船只就会来，也许是明天。

于是，这个岛上仅有的几位游客开始在最靠近灯塔的崖间上对着远方的北大西洋张望，只是每一声汽笛船鸣都在千里之外。我看了看没有信号的手机，九点三刻，这里的海风平浪静，连海鸟的影子都不见了，丝毫没有狂风暴雨要来的预兆，怎么船只就这样无法航行呢？我开始记起旅游书籍里看似开玩笑地写下对这个岛的介绍：“如果你够幸运，你便可以来此一探究竟。”

原来并非玩笑，我够幸运来到这里，却没能完全顺利回去。

晚上十点的法罗群岛依旧是天光不散，天气却又出奇的和善，阳光和气地照在每个人的脖颈上。我扯了扯挂在脖子上的围巾，又裹了回去，吹在海风里实在太冷了，再暖的阳

光都会被稀释。

“看来船暂时不会来了，我们往这里的住宅区走走吧，有人想一起来吗？这里太冷了。”一旁有位戴着眼镜的瑞典人建议道。

这里的住宅区，充其量也就是几座房屋，住着屈指可数的法罗人，再有就是一个小得不行的咖啡馆还得加着几张床位一起算，就算是在地酒店了。

大家都觉得待着无趣，于是一并朝山上走去。

“太不可思议了，怎么会这样？”一个德国女孩喝着她的最后一罐巧克力奶说道。

“我的机票也作废了，还有火车票。本来我得赶在十点回到哥本哈根，然后坐夜班火车去马尔默，看这情况都作废了吧。”走在最前面的瑞典人无奈地跨过一个枯草堆，继续说道，“而且，这里根本就没有信号，连改签都没有办法。”

“是啊，而且这里连食物都所剩无几，我听说连平常运送货物的船只也没能过来。”后边有人不满地提起，我都能听出她说话时颤动的频率，因为山路实在是有些难走。“过了十点，船只是不会再来了，他们要等明早看天气再出发。一般来说是这样的。”接着，她又上气不接下气地补充道。

在叹气声中，我们到达了稍微平缓的山地。这里的草更短一些，也更茂密些，植被都进化成抗寒模式，坚韧又牢固。夏天的阳光使它们稍微变得温柔一些，点缀着开出了细碎的白色花朵。我们打算在这里稍稍休息一下，然后再往那个咖啡馆看看是否有些食物可匀。

快午夜的法罗群岛还是亮如白昼，在夏季北极圈附近的地区太阳永不落下。我算了算时间，也快是夏至了，虽不是极昼但这天光可能也要持续好久，好久。我坐在一块被苔藓或是什么高山植被覆盖的石头上，看着那些海鸟依旧在岩洞附近雀跃不已，它们张开那些黑色的翅羽不紧不慢地开始来回伸展，仿佛在炫耀归家的舒适和自由。

“那些是海鹦，是北大西洋独特的鸟类之一。它们喜欢成群结队地在悬崖上繁殖，那些石缝就是它们的巢穴。”也许觉得气氛太过压抑，坐在我身边不远的德国姑娘用手指了指对面那些长着红嘴、披着黑白羽翼的小家伙说。

“它们也在冰岛大量分布，当地人将其作为非常好的肉类之一来食用。在这里是，在法罗群岛也是，不过由于政府的保护措施，现在已经禁止捕猎了。”她喝了喝那所剩无几的巧克力奶，继续说，“它们非常好捕捉，站在悬崖上用网扑向飞行中的海鹦就行。因为对它们来说，警惕也许是个不该存在的东西，所以它们也容易成为贼鸥和其他大型海鸟的猎食目标。”她笑着说，“因为它们实在是太蠢了。”

我笑了笑道：“那还挺可爱的。”

“是啊，所有的旅游纪念品商店里都是海鹦的玩偶，从大到小，也许可爱就是它们最好的自我保护的手段。”

“就像中国的熊猫。”

“对！”

大家都太累了，但远离信号、网络、虚拟构造的当下，却是一种疲惫的解脱。我从一开始对外界失联的急躁和焦虑慢慢变成了一种莫名的喜悦。我不需要知道时间，不需要也不可能再按照那些看似完美无缺的行程规划来行事，没有比当下更放松的时刻了。我身边枕着北大西洋不会落下的太阳，如同拥有一个白昼似的美梦，并且这个梦一样不会落下。

我轻轻地松了口气，然后摘了挂在脖颈上的围巾，没那么冷了。我把它枕在身后，然后躺在这些高山植被的怀抱里，四周是那些植物坚韧的枝叶和它们难得一见的细碎花朵。我觉得身体很暖，又很轻。这些植被似乎在不断抚动你的臂膀、你的脚踝，用一种放松而温柔的姿态。它们不断被晚风、海风、夏日的晚上十二点的太阳爱抚，再将这种喜爱传递给你。没有什么时候比此刻更能感受温柔了。

午夜将尽，天光稍稍变成了海鹦喙上的橙色，伴随着那些不知晨霞、晚霞的云朵，太阳又一次升了起来。没有黑夜，一点儿也没有。太阳就像一只鹿在追逐泉水，不停地奔跑，只是稍稍累了喘口气后依然继续跑向白昼，毫不停歇。

我开始闭上眼睛和这些屈指可数的异国旅客一起枕着快要极昼的北大西洋的夜，沉沉睡去。

良久，我开始听到知更鸟的鸣叫声、潮水涌动的声响和海鸟们扑腾翅膀的声音，好像是早晨了。我抖了抖衣服上不知是露水还是潮湿植被的汁液，起身和大部队一起前往咖啡馆。

而昨天的一切就像是个仲夏夜之梦。

清晨的岛屿还是一样天光明亮，海鸟们挥舞着翅膀开始滑翔至更远的海面，岛屿热闹了一些。屋子里也有人煮起了咖啡，热气袅袅。大海在我们窗外，也在我们的四周，看上去我们就这样与大陆分离了许久许久，好像是武陵人入桃花源后的世态变迁万般一样。分离更久的是我们对食物的渴望，太饿了，我们呷了口咖啡便迫不及待地问起当地人是否有食物可匀。那些和蔼的法罗人笑着拿来一大篮清晨刚捕的北极螯虾，这些虾闪着淡粉色的光泽，就好像昨晚分不清晨霞和晚霞的云彩。

“十秒，只要余十秒。就可以吃了。”他们熟练地帮我们架上锅烧开水，眼见着这些淡粉色的虾被快速拿进去又被快速捞出，不一会工夫就被盛上了桌。

配着发硬的面包，这些虾就显得更为鲜嫩，真的什么都不需要，是甜的，是鲜甜的。这大概是纯粹的味道，是让人心悦诚服的鲜美。也许是时隔太久的饥饿带来的错觉，也许是极昼阳光带来的错觉，总之一切都不重要了，这要是美好的，有谁在乎呢？我们呷着咖啡、嚼着面包，也等来了早晨到港的第一艘船。

道谢之后，我们慢慢走向港口。船上新来的游客欢呼雀跃地上了岸，我看了看身后的岛屿，灯塔隐在云雾里了，海鸟依旧陆续滑翔，咖啡馆已经望不见了，但我还能看见那块平地——昨晚我们躺过的那块草地。起航后，岛屿在我身后越来越小，一直淹没在法罗群岛的漫漫云雾里，我靠在船的围栏上，为了不让自己晕船而尽量呼吸着新鲜的海风。

船只靠岸后，我们乘上早该被开走的汽车，一路向托尔港驶去。法罗群岛大多数时间是在雾里的，云被大西洋的风压得很低，一直低到群岛的上空。一直向东南，一路上的云也层层叠叠地堆在公路上。所有的雾拂过暗绿色的草地，瀑布因为连续几日的雨水日益显露，流淌进大西洋。我们就在雾里一直前行，遇到海岸线总会有无数的鸥鸟飞过，燕鸥和信天翁是多数，偶尔还会有野凫和凤头潜鸭，雌雄颜色不同，黑色的雄鸟总是上蹿下跳，从水里不经意猛窜出来。

在云雾的传说里，我们还要行驶好久。闭上眼睛，我又想起昨晚的仲夏不夜日，那些不知晨霞、晚霞的云朵，那些淡金色的天光、温和的高山植被、轻柔的夏日海风和不断奔跑的太阳。

到现在我还是会疑惑：那个仲夏草地上北大西洋不落的梦是真的吗？我是梦，还是醒？

但起码，这是一个好梦。

SUMMERTIME AFTER DINNER

半熟北极螯虾

取适量新鲜螯虾洗净备用。

锅内加入冷水，将水烧滚后，关掉火。慢慢将螯虾依次放入热水中汆烫十秒，注意火候和时间。将虾肉煮成外壳恰好可以轻松剥去的状态，但是又不能将虾肉完全煮老。

剥去虾壳，将虾放入盘中，点缀欧芹或者莳萝的花朵即可。

MATURING

熟 成

春的诞生

无数个日子之后，美第奇家族一定没有想到乌飞齐兹美术馆每一日都挤满了仓促的人群。在四十二号展厅里，这两幅画前总是围满了慕名而至的观众—— 一幅是《维纳斯的诞生》，另一幅就是《春》，而波提切利的生日就是春天的三月。

他画中描着金边的蔷薇玫瑰、轻盈的林泽女神的裙摆，以及玫瑰色的灵泉，永远被拥挤的人群环绕。也因此，展馆里永远是生机勃勃的春天，仿佛春天开始了，美的诞生附着温暖、欣喜、阳光和舞蹈，也带着一丝忧愁。

尽管当年人们在这两幅画之间抉择的时候，都选了《维纳斯的诞生》来展出，《春》则到 19 世纪中期才重新见到佛罗伦萨的阳光，但我喜欢《春》更多一些。一如我们所知道的，这幅几乎和真人等高的画中间是维纳斯，她的上方是丘比特，而丘比特的箭则对准了美惠三女神，她们分别代表壮丽、欢愉和宴飨。左侧的少年是众神的信使墨丘利，你能看到他脚上穿着有翅膀的鞋履。右侧是整幅画中最黑暗的部分，西风之神因为无法克制对森林女神克罗莉丝的欲望，进而强暴了她，于是克罗莉丝的口中长出了长春花，最终成了左侧的花神芙洛拉。是的，她们是同一个人。

整幅画被五百多朵花环绕，分属一百七十个品种。背景中的柑橘林正开着白色的花朵，空气中弥漫着清香，而脚下的花园被雏菊、车前草、菖蒲、草莓花、康乃馨、风信子等覆盖，让人目不暇接。

波提切利花了一年的时间对这幅画进行精雕细琢，尽管当时油彩已经普及，但他仍旧使用了较古老的蛋彩来描绘，这种几乎被遗忘的介质赋予了这幅画如此梦幻迷离的特质。

浓厚的情绪和轻盈笔触的结合，半透明的薄纱和花瓣围绕着众神，而舞蹈中的美惠三女神更是衣衫轻薄，刚可以蔽体。尽管整幅画充斥着欲望，但绝不色情，只因为她们是女

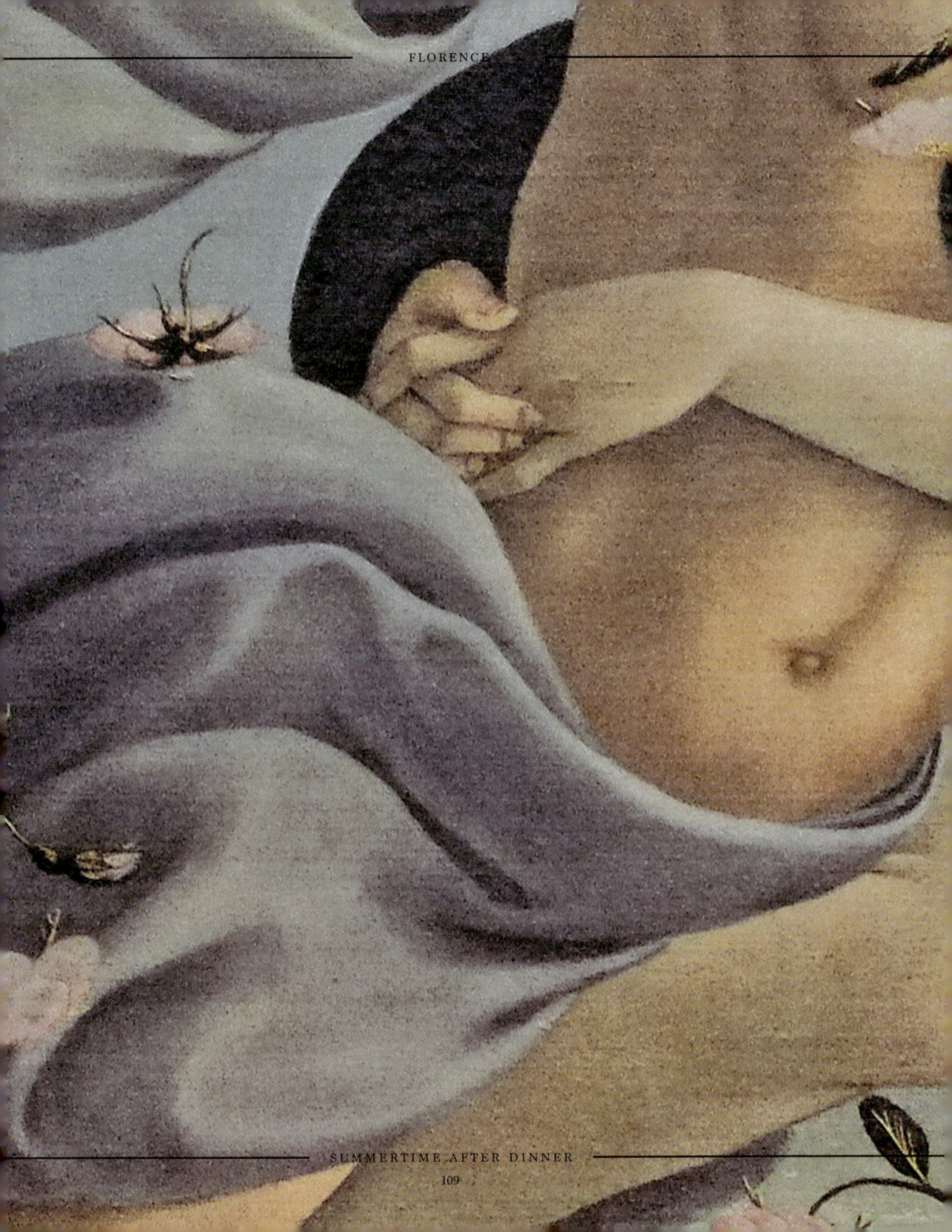

神，是文艺复兴时期想象力的独特产物。她们给人带来欢愉、欣喜，也能让人不带邪念地渴望她们的美，这种美正是最原始、最永恒的。

这同时也是一种爱，从低而下的肉欲之爱，经过文明的人性之爱到至高无上的神之爱，在这幅画里都被完美地展现出来。很奇怪，人类总是会被美和欲望不自觉地吸引，进而思考什么是爱。爱让人欣喜，但爱也危险、困难和复杂，这也是千百年来最伟大的艺术所共同表达的主题。

在作为洛伦佐侄子结婚的礼物之后，这幅画被藏在美第奇家族乡间的别墅里，四百年中只有少数人有幸目睹。此后，它一直被藏在乌飞齐兹美术馆的仓库里，直到 19 世纪中期，才被重新拿出来供人欣赏。

波提切利真正得以扬名，得感谢前拉斐尔派（由约翰·埃佛雷特·米莱斯、但丁·加百利·罗塞蒂和威廉·霍尔曼·亨特创办，威廉·莫里斯等亦是其中一员）的成员。他们厌倦了学院派的教诀，开始回顾艺术史，决定从更早的创作中吸取灵感，于是他们发现了波提切利，发现了波提切利画中欣喜、愉快背后的一丝哀愁。他画笔下的女性似乎永远忧郁，而维纳斯永远厌世；他画笔下的花永远濒临枯萎，在炙热的斑驳中透出一丝畏惧。于是，前拉斐尔派的成员将这种哀愁充分利用，在模仿波提切利的画风中，将自己的感性充分描绘。譬如约翰·埃佛雷特·米莱斯最有名的画作《奥菲利亚》，正体现出画家对波提切利的一种疯狂的喜爱：水中的奥菲利亚，她的裙摆和手上的鲜花，似乎都幻化成死亡和绝望。

同样的，波提切利带来的温和迷人和强烈的忧愁也让王尔德痴迷。在这些年轻的纨绔子弟爱上波提切利以后，《春》再不会在乌飞齐美术馆的仓库里一直尘封下去。也许波提切利自己也没有想到，《春》会从一个私人结婚的礼物变成影响人类整个美学的作品。因为对《春》，你无法不被诱惑和吸引，无法不被欲望所诱惑，无法不被美所吸引，因为最伟大的美是一种永恒。

哥本哈根机场

这就是我喜欢机场的原因，它们的设计永远都通明透亮，不断延伸的曲线和直线传输着人类最复杂的物质——如果情感算一种物质的话，语言则是它的介质。

在平流层经过十几个小时后，终于抵达。北边的夏天，是一年里最好的时光。

我们都曾乘坐飞机越过海洋。在这段短暂的起点和终点之间，短暂而焦虑的快乐、担忧急切的无能为力，都是机场里充斥的情感。

我们的味觉在万里高空上被不断减弱，我们的情感却因为万里高空的征途而紧凑、而加速。

没有什么比距离更远的地方了，也没有什么比机场更近的场所了。

所有的机场都是混杂了人类繁复语言和情感的器皿，通过云与线的连接，变得紧凑，变得深切，或者疏远。

我在夏天繁忙的哥本哈根机场迎接朋友的到来。一对情侣迎着面飞奔向对方，然后相拥而泣的时候，大概是久别重逢的喜悦，所有人都鼓起了掌。

终于抵达了。

祝你也旅行愉快。

Jorden er Herrens og dens Fylde

孤独东京

如果不算上意外滞留的那一次，已经是第三次来东京了。我不知道是什么让东京看起来和这个世界上所有的城市都隔有一丝距离。

早晨的成田，郊外的雾气还在升起，看起来温和、缓慢，和远方那座巨大的城市好像丝毫没有联系。

但徒步十几分钟去最近的一个便利店，依旧会发现，就算在夜半时分，这个城市的快捷与便利依旧井然有序，像是被机器枢纽控制的一部分，只要时间在转动，一切都不会轰然倒塌。

所有阴暗、偏僻的角落都一尘不染，哪怕灯火吸引过来的飞蛾，在一阵翅颤的挣扎后很快就被清扫干净。因为对细枝末节的苛求，以及对超越人本身需求的过分关注，这里的服务和工作都无可挑剔，哪怕所有人都知道微笑和谦礼并不真实。

因此，这座城市充满机械化和未来感，或许它将是以后所有大城市的模型和样板，但现在它只让我想到它是所有动漫和科技电影的发生地。

从东新宿一路向南路过夜晚的东京，甚至有一种错觉可以看到《新世纪福音战士》里第二次冲击后的第三新东京市会在隔日拔地而起。

但也很孤独，不是吗？便利到不用靠言语交流就能完成一切的琐事：投下硬币就会掉下来的温饮料和热拉面，轻轨和高楼互相交叉和穿梭，所有人只敢低头絮语，或者干脆默不作声。更晚的时候，六本木比我想象中的冷清许多，但也会有很多上班族，他们大多独自一人走进便利店或居酒屋，继续低头，默不作声。

这个世界上最大的城市依旧不断向外拓展，柔软地建起洪波似的钢筋，筑上最坚固而轻巧的材料，以最大的效力去抵抗频繁的地震或随时可能引来的海啸。同时，也越来越强硬和冰冷。

从六本木的高处看下去，整个东京无论多晚都在闪光，但东京铁塔已经是过去时了，如今有了晴空树，东京像对待时代洪荒一样快速地抛弃着过去，更迭着整个枢纽的零件，温柔地抛弃，不也是最残忍的解说吗？

那天雨夜的最后，我们跑去涩谷吃了碗著名的拉面。所有人都秩序井然，默默吃完，也默默离开。只是号称加倍蛤蜊的汤底，却有一丝失落，在这个严谨、苛刻的城市，极致有时候也是一种徒劳。

那么，是什么让东京赶超了世界，或者说脱离了世界？

我们不得而知，不过，有一件事是确定的，东京的孤独好像更孤独。

卡布里的蓝色

昨天看到 Edward Okuń 的画，这个波兰画家画了很多意大利南部的风景：柑橘树、柠檬枝、蓝到透明的地中海，以及标志性的意大利伞松。这些都让我想起记忆中的卡布里。

记忆也是有味道的，卡布里带着沉甸甸的柑橘类水果在海风中散着轻柔的香，驱走夏天咸腻的海风味，洒在上面的是地中海的阳光。

我都忘了那时候为什么要乘船前往卡布里，好像那是地中海最美的地方。

也是真的忘了，我们没有登缆车驱往山顶，连蓝洞也是一扫而过，只记得蓝得透明的海平静自在地涌动。

平静得像一瞬间的永恒。

除了蓝色，整个岛上就是柠檬的黄色、无聊的游客、烤得过头的比萨、一看就知道不怎么好吃的柠檬冰沙，这些都因为亮黄色而使这个岛变得有趣。

很长一段时间，我都忘记我曾经去过这个迷人的意大利南部小岛，直到很多电影（比如《天才雷普利》）的很多画面才让我想起某些瞬间。

混杂着记忆味道的瞬间。

“好像我去过那里，对，应该更美一些。”

那一次，我们在那不勒斯，出发去南部看了一圈蓝色的地中海，然后回到种满橄榄树和柠檬果的地方。

日落咖啡馆

LE
Maison
de
confiance
BIERES
VINS
fins
alcools
de
FRANCE
&
D'AILLEURS
CAFÉ
ET
CHOCOLAT

PURE CAFÉ
LIQUEURS DE MARQUES

记得上次到巴黎也是夏天，上午十点，巴黎天光还未散。埃菲尔铁塔开始亮起游览似的灯光，闪得游人的心一并欢呼雀跃。

因为时差，每一次都能从窗口看着巴黎从黑夜渐到白日，塞纳河的水也从静谧跳跃到欢腾的粼粼波光。我觉得这是巴黎最好的时刻，如果再有一个玫瑰荔枝可颂，就没有什么比这更完美的事了。

我也喜欢巴黎的早晨，蒙着鸽灰色的主街上只有边走边啃法棍的少许行人。空气也更透亮些，闪着薄薄的浅光。

所以，我们无所事事的那天早晨决定去《爱在日落黄昏时》（*Before Sunset*）的拍摄地。

清晨，我们从巴士底广场向东，转过几个路口就看到Le Pure Cafe，Jesse（杰西）和Celine（席琳）从莎士比亚书店一路走来停驻的地方。

早晨的十一区几乎没有人，和其他因电影拍摄而竭力拉拢游客的商店不同，Le Pure Cafe对这件事只字不提。和所有巴黎的早晨一样，这里是混着可颂和咖啡的烘香味。

离开Le Pure Cafe，再走一段路程就能穿过Jesse和Celine一路谈话路过的花园。

在这里，她问他："就算人生拥有再多好事，我一样会抑郁，是吗？"

"绝对的，你现在很抑郁吗？"

"不，我不抑郁。只是我担心，在人生即将终结的时候，觉得自己没能做完自己想做的事。"

后来，我们搭地铁到了塞纳河边，莎士比亚书店门口永远都是游客如织。这是电影开始时，Jesse和Celine再次相遇的地方。

塞纳河还是老样子，岸边是摆满旧画和书籍的市集，游客熙攘，水波温柔，只是要当心偶尔窜过你身边的吉卜赛人。

有的时候，你坐在岸边，水波能轻而易举地拍到你的脚趾，而所有情绪在这里，难辨真假。

我们一直待到日落时分，也没有和电影那样，跳上那艘满是游人的船。在落日和晚风里，我们看着远处的铁塔亮起了灯光。

“Just in time you've found me just in time.”（你在恰好的时间里遇见我。）

这是影片结束时最后的歌词。

后来，《爱在日落黄昏时》成了我最爱的电影。我不知道是因为巴黎而爱它，还是因它，我更爱巴黎。

也不重要了吧。

LAVAZZA

在太阳下山前的一小时

当日照变长，日落开始姗姗来迟，树木葱郁难挡，玫瑰都开尽成为最后一缕香，浆果也都开始变成熟，桑葚和丁香结出深色的果实。

夏天就要来了。

我们走在米兰南区的小路上，和朋友约的晚餐时间还没到，我们就跑进附近的公园闲坐。

落日的侧影照在这些桑葚树的枝头，许多长尾小鹦鹉躲在树叶底下，扑腾着，贪婪地啄食这些夏日馈赠。于是，这些树木也开始变得热闹，像起伏的淡淡的乐章。

阳光当然也要跑进这些夏日的树丛中去，桑葚从浅粉到深红，还有熟透掉下来的暗紫色，桑葚的汁将手指染上落日的颜色。夏天啊，我多希望停留在这个瞬间里。

“Oh! how I love, on a fair summer's eve,
When streams of light pour down the golden west,
And on the balmy zephyrs tranquil rest
The silver clouds,
— far, far away to leave”

John Keats

我多喜爱那浅色明亮的夏日黄昏，
当金色天光如溪流倾泻在西边，
银色的云歇在和煦的西风之上，
我愿意，渐渐，渐渐远离。

——约翰·济慈

在这样一个晴朗夏夜的前夕，也多希望，远离一切和一切的一切。

莫奈花园

说来也奇怪，看久了莫奈虚晃两三招的画法，等真正把焦距对齐看到这个花园，竟有一种说不出的遗憾。是很漂亮，但也很遗憾。

我们从Saint Lazare（拉扎尔火车站）出发到Giverny（吉维尼，法国小镇），再转巴士到Jardin de Monet（莫奈花园）。一路辗转，确实有些疲惫，但所有人依旧欢欣鼓舞、满怀期待。

秋天的Giverny是榉树染红的颜色，小镇静得可以，游客也不闹，一拨接着一拨地通往花园。

花园不大，深秋有些寂寥，除了开得正好的大丽花，还有些潦草的欧月和旱金莲。睡莲不开，懒洋洋地徜徉在湖面上，对面的日本桥在画里出现了无数次。

“对，是这个地方。”这是我听到最多的话语，所有人都在感叹艺术与现实的交错是多么的不可思议。

但毕竟艺术还是艺术，还是看画吧。虚虚晃晃两三招才是莫奈的方法。

末了离开时，有一群孩子也对着我的镜头朝我笑。

看，这才是花园吧。

日啖三斤 Gelato

记得第一次来意大利，朋友带我穿过旧黄色的小巷，转到罗马的百年老店 Gelateria Del Teatro，从这里的第一个开心果味起，我对 Gelato 的情感就一发不可收拾。那次，我们北上从罗马到米兰，一路吃遍沿街所有看起来可靠的店。一天五个球，Gelato 化得快，吃到狼狈，也吃到酣畅。

这次来意大利则更甚，从第一天米兰的十一个球开始，味蕾全开，从 cone（圆锥形）到杯，再到结尾的时候，我已经用饭盒来打包 Gelato 了。

在意大利吃 Gelato 绝对是一项全民运动，那些出名的店门口总是排满了游客，而那些寻常街巷的小店，也被意大利的男女老少占据着。

从开心果到不常见的罗勒、从海盐焦糖到清爽的无花果，甚至苹果派，每一家店都有它独特的配方和味道。

尤其在盛夏的意大利，满目黄色的映衬下，Gelato 绝对是当下最时髦的全民运动。从石板路到桥边，所有人都在享用 Gelato 带来的爽快感。

但千万不要拿它和冰激凌相提并论。那些能保存一年多的美式冰激凌和新鲜到只有几周生命的 Gelato 根本不能同日而语，更何况看到奶油你就明白了。为追求柔顺口感，美式冰激凌添加的是奶油，甚至是人造奶油，而 Gelato 只用新鲜牛奶，也只有乳脂肪含量低于 8% 的才能被称作 Gelato，加之因为更少空气的加入，口感也更绵密和扎实。

自然，Gelato 的味道也很多样，从基础的开心果、香草、巧克力、榛子和各类混合莓果，更有当季诸如无花果、蜜瓜，到了秋天更有栗子、柿子等未曾想过的口味。

我吃过最妙的除了十月佛罗伦萨的柿子和六月无花果口味以外，当属生姜、黄瓜和薄荷的组合。黄瓜的清新和薄荷的清爽被姜的少许刺激所打破，融合在一起既矛盾又和谐。

如果在仲夏夜，这样的滋味将是晚风里最好的节奏。

在几乎吃遍了整个佛罗伦萨城的Gelato之后，要说哪家最好吃，那请远离游人如织的店铺，找一家巷子里飘散着午后家庭亲切感的小店，在连绵不断的“Ciao”（意大利语，为见面时致意之用语，或用于再见）里排队吧，或许那才是某个意大利人小时候记忆里没有变过的味道。

济慈的家

这几天的伦敦天气算好，算是放晴的下午，我们在查令十字街转角的书店，想找一本济慈的书，但未果。想起不久前，其实已经算作是去年，我们也趁着天晴去Hampstead Heath（汉普斯特德希斯公园），出了地铁站转角就是Keats House（济慈故居）。

其实，我来过这里好几次了，也有夏天绿树荫荫、晚风适宜的时候，但总是不巧遇不上书店开门。而冬天的花园，那棵蓝莓树落了一地叶，白色的房子也不算萧条，反倒是一种清幽的静谧，静到踩到碎叶都能听到脆裂的声响。

济慈在二十三岁的时候搬到这里，也是在这里，遇到了范尼。如果你看过那部电影，应该记得本老师演的济慈躺在那棵开满桃花的树上念诗，也应该记得范尼在那个挤满蝴蝶的房间里念起济慈的信。

是啊！那是部电影，这里的故居也被翻新或许早已不是原来的样子，但你真正走在这里的时候，却隐隐能感受到夏日里山毛榉葱绿的阴影在窗外律动，缀满了露酒的麝香蔷薇在夏夜里低垂摇晃。兴许，你也会有点儿明白那些诗句的来源。这里是属于夏天的，是属于夏天的那一樽南国温暖的灵泉的。

济慈在遇到范尼十八个月后，就因病离开了。彼时，他搬去温暖的罗马，那座故居现在仍在西班牙大台阶的一侧安静伫立，但鲜有游客拜访。

济慈离开的时候也是匆匆，搬到罗马不久就病逝了。他写的最后一首颂诗是《秋颂》。

但我最喜欢的仍是《夜莺颂》，也是他暂住这里时写下的。他写夏日，写果树、林莽和草丛，写白枳花、野玫瑰和易谢的紫罗兰，以及这缀满了露酒的麝香蔷薇，仿佛都在这里。

诗的最后一句被广为传颂：Was it a vision, or a waking dream? Fled is that music,Do I wake or sleep?（这是个幻觉，还是梦寐？那歌声去了，我是睡，是醒？）

PRIVATE ROAD
NO PARKING
vehicles liable to be towed
away at owners cost
KEATS CLOSE
WENTWORTH MANSIONS

这也是我走出这座花园时所想到的，他的诗应该在温柔的夜色里念：“我已和你同往，夜这般温柔。”

周末伦敦花市

这个伦敦的周末，我们没有特别的安排，于是决定跑去花市打发时间。还没到路口就能看到三三两两捧着绿植或花束的人们。

一直到熙熙攘攘的主街上，各类花木排开，从鼠尾草、莳萝、甜罗勒这类香草，到石斛兰、兜兰和文心兰这些繁盛的热带植物，整条街如同缀满花的树，热闹而有序。

而冬天是根茎植物的季节，黄水仙披落轻盈的花瓣，偶尔还能找到白色的，风信子囊起鼓风似的花萼开始摇摇摆摆地开放，当然也少不了郁金香和百合。整条马路都是欢快的花香，所以我一度认为在这里工作是最幸福的事。

人们从决定购买的瞬间就开始思考：这棵树会放置在哪里，这束花将要送给谁……这些带着迷惑、憧憬和欢乐的思绪，大概就是生活的意义。

pop
boutique

Turnips
love fruit

伦敦圣诞夜

伦敦的圣诞节其实也没有多么激动和澎湃地涌来，只是酝酿许久的各类气氛在一天后会颓然冲淡，装饰和花束被搬走，不过很快又会被新年的气氛所代替。好在商店提前打烊，让我们有更多的时间专注在难得相聚的一餐上。

夏天那些轻盈带着惠风味的绿叶蔬菜都在冬季被那些细小的浆果和蕴藏着养分的根茎植物的温暖所替代，烤鸡和海鲜端上桌台，都需要等待。冬天是一个缓慢的季节，而我们终于在匆忙里难得相聚。

这是我在伦敦最开心的一天。

蔓越莓和酒类煮透，将各类浆果和香草浸在其中，最后倒上香槟是一餐的开始。紧接着是朋友做的收获式的各类主菜，还有最后应景的甜点。

所以节日，除了拥挤和热闹到不知所措的牛津街，其实还有开轩面场圃和温馨举杯的瞬间。感谢大家让我的家常更有料，偶然相聚才最是人间堪乐处。

伦敦圣诞节

摄政街上的灯越来越亮，趁着伦敦的地铁和公交车还没停运，我们赶去里士满吃饭。所有能张灯结彩的空隙都被挂上了装饰品，临近黄昏的时候星星点点地亮起，好像正在等待着欢愉时刻的来临。

伦敦一年里最重要的日子终于来了，什么都不能阻挡人们在节日里的愉悦和满足。在夜幕灯火点亮的瞬间，眼前的景色变得意味深长，黄昏里的万千灯火，好像虚度着它们这一生最漫长的时光。城市如同它的橱窗一样拥挤，从牛津街一路走来，几乎步履维艰。路边挂起的松枝和槲寄生，精神抖擞得像百货门口排队的人群。

是啊，太热闹了，热闹到这个冬天都没有下过雪。偶尔，路过拐角的小巷，在忘记挂上彩灯的路上，在被热闹遗忘的途径里，夜晚还是安静得没有风声。

但一拐弯，那些万千灯火正在宣告着全世界最富有的瞬间。我们和它们一样，也选择和它们一样，正在虚度一生中最璀璨的时辰、一夜里最美好的时光。

TASTING

风 味

Clamato /巴黎

Comptoir Général /巴黎

Restaurant A.T. /巴黎　Le Chateaubriand /巴黎

Pasticeria Marchesi /米兰

Bar Luce /米兰

Ora D'Aria /佛罗伦萨

Coffe Collective /哥本哈根

Klint - Designmuseets Café /哥本哈根

Noma /哥本哈根

KOKS /法罗群岛

Lyle's /伦敦　Monmouth /伦敦

茶寮宝泉 /京都　岩寿司 /东京

Wad Omotenashi Cafe /大阪

Buchbar /安特卫普

Clamato

巴黎

Septime 是巴黎一家很难预订到位子的餐厅，但巴黎时髦又难订的餐厅似乎都有个不成文的规定：在看似永远也无法订到位子的主餐馆一旁开个 bar（酒吧），无法预约，只能排队。在那儿随意喝点儿酒，吃点儿小餐聊以冲淡没有订到隔壁那家声名远扬的餐厅位子的失落，尤其是像我们这样随意闯进巴黎的、百无聊赖的游客的失落。于是，就有了 Clamato ——Septime 的老板在隔壁开的海鲜小餐馆。

Clamato 的餐具延续了 Septime 的风格，Monkey47（猴王 47 黑森林干金酒）的酒瓶做倒水杯，玻璃杯和刀叉选得恰到好处，质感颇佳，当然还有搪瓷盆做餐盘，气氛轻松随意，又时髦有趣。只是这菜单，实在是外星文字，专业术语的鱼类海鲜看得人迷茫，好在服务生十分友好地通通帮你推荐好餐品。

橄榄油混上酸甜树莓配上吞拿鱼，章鱼配了酸甜的杏在一旁，于是造就了千回百转的回味感，海鲜搭配略带酸味的果实实在是不能更恰当了。自然还有远近闻名的生蚝，每张桌上几乎都要吃一打。如果你想在风暖和煦的傍晚没有计划也没有头绪地找个餐厅闲坐，没有比 Clamato 更好的选择了，有风、有酒、有佳肴。

吃完趁着酒在巴士底广场上的月光回去，那一定是愉快的酒足饭饱的日子。

Comptoir Général

巴黎

LE
PETIT
NOIR

在巴黎的十一区，圣马丁运河在这里穿城而过，蜿蜒流至拉维莱特公园。铁质的拱桥在这里成为代表，杨树一字排开。天气晴朗的时候，坐在桥边的巴黎人总是在悠闲地晒太阳。而 Comptoir Général 就藏在运河旁边的一条小巷里，如果不是朋友带路，我甚至看不到它的招牌。作为巴黎最有趣的地方之一，Comptoir Général 似乎根本没有声势浩大地宣传这件事，但酒香不怕巷子深，隐得再好，到这里的游客还是日益增多，络绎不绝。

朋友说这里是由一个音乐人和一位室内设计师共同创办的，他们痴迷于世界各种文化，尤其是在法国寥有接触的文化，于是这个混合着一点儿边缘文化、非洲民族文化的梦想成了这个地方的核心理念。他们将各类可回收的旧物件变成一种种新的装置，配上那些爬满整个建筑的蜡叶爬藤植物，这里又好像是一个小型的博物馆。

进门的时候，你可以看到那些充满戏剧性的装置、墙纸和家具，再驻足仔细看的时候，会发现各类标本和那些老旧的 CD 被不经意地放置在某个角落。这里有一个咖啡台，当然，你也可以选在右转小吧台喝些酒。看侍者随意在装满热带风情的鸡尾酒桶里捞出一杯，你就知道这里有多随意了。

在吧台的后面，上了台阶是一家二手服饰店，这里的衣物和配饰从旧的设计师品牌到真正的民族服装皆有一二。当然，从这里向下看，能看到整个院落的景色，在爬满蜡叶植物的空隙里看更像一个博物馆。

下楼径直穿过室外的小花园后，那应该是我最喜欢的地方。各类奇妙的植物被放置在故意打破的地板下，如同从地上直接穿过地板的存在，从昆士兰伞木到长突仙人掌，这些植物也都是细心挑选的、适合家庭养殖的品种。当然，这些都是可以出售的。一旁似药罐的陈列，贩卖的是手工香皂、香料和各类种子。一旁有各类地图和旅行装置，点缀的是各类动物标本。我忘了这些是否也能贩售，但若是你想买些什么有趣的回家，可以去前方藏在角落一隅的杂货摊寻寻宝。

Comptoir Général 定义远不止是一家咖啡馆或者餐厅，这里到了晚上便成为非常热闹的酒吧。不过，它远远不只是酒吧、餐厅这么简单的定义，如果一定要用一个词来形容，那么是一种博物馆文化吧。这便是巴黎有趣的地方，你可以见到嬉皮和优雅恰当地融合。

Restaurant A.T.

巴黎

Restaurant A.T. 是日本主厨 Atsushi Tanaka 在巴黎五区开的一家餐厅，虽然开业不过一年，但声名早已在外了。Restaurant A.T. 出售的并不是日本菜，也不是传统的法国菜，因为主厨 Atsushi 的游学经历，Restaurant A.T. 融合了西班牙、法国、斯堪的纳维亚菜系，加之日本文化的深层影响，很难定义到底属于哪一菜系。Atsushi 最擅长的是用一种原料带出几种不同的风味，在摆盘时用一种主颜色打底，通过深浅的组合、相同色系的碰撞，形成一幅深浅交辉、层次分明的画，这样的菜品实在让人刮目相看。

我去的时候正是夏休的前几天，但店里到了用餐点依旧坐满了人。

上到第二道前菜时，我终于被惊艳了。我记得那是大西洋鲑鱼和洋葱被藏在不同颜色的杜松脆片下，侍者轻盈地撒下奶酪，顺而点缀上混合着醋的香芹汁。在雪覆盖的翠绿下，是一湖游动的细嫩鲑鱼，令人惊喜。而杜松被做成脆片，混合了甜味后，苦涩被冲淡，只留下松汁的清香，是一层层打破糖衣般的美妙。而后是半熟生蚝，绝对是我吃过最好吃的半熟生蚝，香而嫩，又没有生蚝那股浓郁的海水味，被包裹的是青豆甜顺的口感，又淡淡地透出生蚝的汁液，似海风吹过爬满青豆藤的架子时，藤蔓徐徐摆动的美好。

前菜的最后部分留给了生蚝，侍者浇上青豆和生蚝汁混合的酱汁，奶白色的嫩生蚝就这样被藏了起来。上面覆盖的是独活草的叶和青豆粒。

Restaurant A.T. 的主菜则以藏为主旨，浇汁为辅来呈现。各类用心搭配的食材被精致、细腻的汤汁冲击倾泻而下，似乎用一股暖流激活了整个食材的生命。每一类食材都充分彰显其优势，每一口的鲜味都浑然天成。

然而，甜品部分也令人拍案叫绝。桧木粉下面覆盖层层叠叠的野生蓝莓，意味着灰烬和重生。而另一道甜品，香芹雪芭被藏在白醋栗、小草莓和独活奶油做的酱中，酸甜平衡，笼着的是一层从未尝过的青草的香，是北欧早晨森林独有的味道。它让我想起在丹麦的最北边，我们正在越过那片能听到海浪声的针叶林。

用餐完毕，深感 Restaurant A.T. 声名鹊起绝非偶然，主厨惯用热汤汁去激活一道菜的味蕾，也喜用一个色系促成一道艺术。就摘抄一句对主厨 Atsushi 最好的评价来结尾吧：

“Atsushi's creations are a mixture of poetry, art, color and taste.”

含有诗意的食物永远都是美妙的。

NOUVEL
ESPACE JEUNESSE
BD NET
Récréativ
JEUX
JOUETS
LIVRES

Le Chateaubriand
巴黎

听闻Le Chateaubriand还是多年前，在杂志上翻到这家餐厅挂在全球TOP50餐厅的第9位。TOP50里，法国餐厅多多少少占了些位置，而前10名里只有Le Chateaubriand一家法国餐厅独秀，一时觉得风头无二。但这么多年过去了，排名也反复变化，Le Chateaubriand的排名也下降了不少，但总归排名是噱头，好吃才是关键。

Le Chateaubriand餐厅的名字来源于作家夏多布里昂，据说旁边那家装修更精致的也是他们家出品的，但Le Chateaubriand完完全全就是巴黎小酒馆该有的样子。也许是因为太红火，餐厅能排得上位置的地方都摆满了桌椅。服务生只好用一手搭着顾客的椅背，一手端来餐盘。当然，和所有巴黎时髦而难订的餐馆一样，Le Chateaubriand也号称没有菜单，按时节上菜。服务生在问了我们是否过敏或者有什么不吃的之后，便上来第一道菜。

这里前菜多样，在经历类似芝士泡芙、炸豆腐之后，我等到了最好吃的墨鱼面。墨鱼切成面条粗细，大概只用热水汆了一下，鲜嫩无比，配上墨鱼汁，完完全全是真正的墨鱼面。之后的主菜是金枪鱼配桃子、煎过的鳕鱼配上酸味的小红洋葱，羊肉、羊骨髓配茄子都十分好吃。当然，最好吃的是这里的明星菜肴：一整个腌过的生蛋黄，夹着流动的焦糖，配上蛋白霜，最后一把黄豆粉点出整通的精华。就算再好吃的蛋挞都会自愧不如。朋友说："吃完这家，今日算是在巴黎打开了味蕾。"我想这是最好的夸赞吧。

Pasticeria Marchesi

米兰

在米兰，想去的地方其实都和 Prada（普拉达）有些关系。

开在 Fondazione Prada（普拉达艺术基金会）里的 Bar Luce（卢斯酒吧），以及坐落在米兰最著名的大街 Montenapoleone 九号的 Pasticeria Marchesi。

Pasticeria Marchesi 作为普拉达收购的第一家甜品店，坐落在 Via Montenapoleone 的这家店，装修和摆设当然更接近于普拉达本身店铺的风格。一样由 Roberto Baciocchi 设计，一样是浅苹果绿色、粉色和浅杏蓝交织的色彩空间。不免让人想起韦斯•安德森的电影风格，倒不是说有多像布达佩斯大饭店，要说渊源倒是和他在 2013 年帮普拉达拍摄香水糖果的广告更类似。

相比 Pasticeria Marchesi 在 Via S. Maria alla Porta 的那家老店，这家显然时髦太多。而 Pasticeria Marchesi 本身就是开业于 1824 年的老牌甜点店，品质应该不会出错。室内的装修、装饰除了与普拉达店铺的装修一脉相承以外，细节方面也是做足了的。外头用薄荷绿色的大理石花纹墙壁，里头空间则是丝绸苹果绿的锦绣交织的花朵纹样，搭配着绿色天鹅绒的椅子和糖果色彩的各类包装陈列。

让人想起普拉达店铺陈列的同时又带出新的愉悦感。很妙的是花卉的搭配选用，芍药和松针被放置在银色的花器里是意想不到的美感。在米兰走累了，来这里逛逛也是个不错的选择。

Marchesi
1824
CONFETTURA EXTRA DI
MARMELLATA DI ARANCE
PRALINA DI CIOCCOLATO

Marchesi
1824
CREMA
CREMA DI NOCCIOLE

Bar Luce
米兰

Bar Luce 是作为普拉达艺术基金会的一个部分存在的，相较于展馆其他部分的简洁、现代略带冰冷感的氛围，Bar Luce 似乎是个欢愉的存在。各类浅色系拼成的家具，一排又一排圆形灯泡，以及浮雕墙纸上悬挂的圆形钟摆，这一切都明了地显示着浓重的韦斯·安德森气息。让人不得不想到《布达佩斯大饭店》，不得不想到《水中生活》，甚至他帮普拉达拍摄的那部广告 Candy（糖果），而片中蕾雅·赛杜吃掉的那个粉色蛋糕，也似乎正摆在这里的蛋糕柜里。

当然，这里就是他本人设计的。这里的配色和家具装修无不从他的电影中来，又延伸过去。只不过，你在这里看不到电影里那些强烈对称的，甚至略带点儿强迫症的场景，因为按安德森的设计意愿，他试图营造一个你愿意舒适度过一个下午的地方，那里能交谈、阅读，当然还能小酌几杯，而并非在一个虚构的电影场景里找不到半点儿真实生活的感觉。

除了显而易见的安德森风格，Bar Luce 设计的灵感还来源于 20 世纪五六十年代的两部意大利新现实主义电影《米兰的奇迹》和《洛可兄弟》，这也是安德森为普拉达拍摄短片 *Castello Cavalcanti*（《卡斯泰洛·卡瓦尔坎蒂》）时的灵感之一。当然，你可以在 Bar Luce 的最里面看到以这部电影为蓝本的弹珠球游戏机，而左边的弹珠球机器的灵感则来源于《水中生活》。

安德森在细节上更是做足了功夫，在吧台的柜子上，你可以看到各类彩色糖果按次序排列，呼应的是桌椅的色彩。而贩售的食物，从糕点到 Gelato，满满一柜子的浅色系，那些面包、咖啡则都是米兰咖啡店应该有的样子。Bar Luce 顶部的墙纸更是还原了米兰大教堂旁边的埃马努埃莱二世拱廊街，连脚下点缀着红色、灰色和白色的地砖也是埃马努埃莱

ZISSOU

二世拱廊街上的样子。最令人惊喜的是菜单，浅绿色配合着纸巾、糖包的粉色，还有服务生们制服上的刺绣，每一寸都充斥着韦斯·安德森电影中道具的样子。

而食物，除了找不到传说中《布达佩斯大饭店》里 Mendl's Bakery 出品的蛋糕，一切都是好的。满满几页的鸡尾酒酒单，还有在意大利永远不会出错的 Gelato，各个都值得品尝。何况这里的价位也太合理，只要几欧的鸡尾酒还能附赠数不清的小食品。也难怪，即便这里坐落于米兰略偏远的城郊，但我们进入咖啡馆的时候，整个大厅仍旧是座无虚席，各国游客欢声笑语与服务生们整齐划一的制服形成对比，像一幕似曾相识的电影场景，甚至更生动。

这也许就是电影和现实最好的衍生物吧！甜蜜而不轻佻，我们也愿意为此埋单，幻想着走进电影，再步入现实。

Ora D'Aria
佛罗伦萨

其实觊觎 Ora D'Aria 已经很久了，上几回来佛罗伦萨的时候，在乌飞齐美术馆的一条小巷里看到店门，整洁白净，放置的一个鸟笼显得十分有趣。只是行程太紧，没机会吃上。

这次终于得偿所愿，一窥藏在乌飞齐美术馆附近的餐厅。

Ora D'Aria 的意思是"Hour of Air"，说是在 2011 年之前，餐厅曾坐落在一座旧的监狱附近，因为囚笼里的人每日都会有一段出门呼吸新鲜空气的时间，餐厅以此为灵感而命名。

2011 年之后就搬到了老桥附近，靠近乌飞齐美术馆，之后就拿了第一颗米其林一星。Ora D'Aria 的网站点击开来是一只红色的歌鸲飞过，所以餐厅的正门口放置了代表"囚"的鸟笼，"自由"和"新鲜"也是 Ora D'Aria 在传统托斯卡纳菜肴的基础上创新的欧洲摩登菜肴的关键词吧。

中午过去的时候，侍者很客气地说你们吃不完正式的 tasting menu（品尝菜单），还是吃中午的小份吧。但分量似乎略少，于是最后我们耐不住，还是加了菜。

Ora D'Aria 大多为创新菜肴，有着意大利美味传统的底子，都不会难吃。烤过的面包撒上豆类和松露，传统的意大利玉棋加了节瓜点缀着鱼子酱，煎过的牛肉搭配的是迷迭香的茶。当然，也有意大利经典的意大利饺子（Tortellini）混了奶酪和松露，都会让你心服口服。

Coffe Collective
哥本哈根

散步应该是在哥本哈根最好的事，绕过游人如织的新港一直向北走，每一条街道都透着灰白色的齐整，每一个房屋都有粉调的色度。有的时候，阳光惬意到可以在河边蹲一个下午，看那些天鹅和海鸥来了又走。除了散步，喝咖啡应该是第二好的事。北欧的咖啡店大多是低调而简约的，除去路边常见的连锁店，一些有趣而低调的店其实都藏在街巷的背后。

Coffe Collective 其实是家大咖啡工厂，它向丹麦其他许多咖啡馆供应着各类轻度烘焙的豆子。Coffe Collective 有很多家分店，而最大的那家店隐藏在 Frederiksberg 区的街巷里。从街角再向里走找到那栋一个世纪前的老建筑，那一大面白墙后就是简约、透亮的大咖啡工厂。我们去的时候是雨天，抖了一身细雨进门就闻到咖啡香。这里提供午餐和各类点心，如果不知如何抉择，选当日特选准没错。透过隔间玻璃，就能看到咖啡烘焙的机器滚动，均匀而缓慢。和北欧低调的美学一样，这里的装潢低调、简单、轻松而自然。最有趣的是 Coffe Collective 所有能源都来自风力发电，也许是风力发电历来在丹麦都发挥着主要作用，又或许是商店本身对商品循环回归本质的追求，总之，在这里就好像一切都是轻的。

Klint - Designmuseets Café
哥本哈根

在游人络绎不绝的新港转角不远，沿着安徒生大道向前，过了一家又一家画廊和艺术品精品店就能找到丹麦设计博物馆。在这个闹中取静的地方，除了当地的学生来此参观授业，更多的也只有慕名而来的少数人了。要不是丹麦朋友的推荐，谁都不会想到这家藏在设计博物馆里的咖啡馆竟如此有食可啜。咖啡馆从桌椅陈设到灯具的放置，每一样物件都来自丹麦的著名设计师，可以说整个咖啡馆和博物馆一样，更为立体和贴切地实用和展示着所有的藏品。这里的所有家具都发挥着他们本来的作用，和这个博物馆一体而存在，并展现给所有人看。看完菜单，与其说这家是咖啡馆，不如说是简餐店更为恰当，除了供应优质咖啡，这家店的餐品水准非常之高。哪怕是最基础的汤和沙拉，都精心配制，而要是想选当日特选的蛋糕，也一字排开分好几种，连白巧克力蔓越莓里都要精细地增添一点儿咖啡味。在这里，从主菜到餐具装饰都让你惊觉这全然不同于一般博物馆里的简单又无聊的餐厅。如果遇上天晴，外头安静的院里也作为咖啡厅的一部分开放。自然，在那里晒晒太阳也是十分惬意的。

Noma
哥本哈根

提及 Noma，世界第一是其第一印象，但自 2015 年滑落第三以后，第一也成了明日黄花。英雄垂暮是件无奈的事，是的，但前提得是英雄，然后再提是否末路的事。

Noma 在 2010 年成为全球第一食府的荣誉之光还未消散，连下来两年继续夺得第一。这实在够 Noma 风光许久，但 2013 年餐厅因员工患病未及时通报导致顾客集体食物中毒事件后，Noma 一时成为众矢之的，各类媒体的报道铺天盖地袭来，米其林三星的荣誉也只能止步于二星。似乎所有人都皆以世界第一的陨落而议，毕竟在哪个时代看英雄落败，都是件热闹的事。

但英雄并没有末路，2014 年 Noma 又重回榜首。高处不胜的不仅仅是寒冷，出名带来无数荣誉和门庭若市的同时，烦恼也永远不只是媒体不断涌出的无谓报道。

Noma 之名取自丹麦文“nordisk”（北欧）and“mad”（食物）的结合，选址在哥本哈根克里斯钦港口的老仓库。港口也正是久远之时法罗群岛、格陵兰岛和冰岛与丹麦贸易往来之地，这也与 Noma 所谓北欧料理之意而合。

由于气候寒冷，北欧食材并不丰饶。在 Noma 名声大噪之前，并无北欧料理一说，在这里，各类风干的肉类及油脂是北欧食物的代表。但从鲜甜的牡蛎到扇贝，各类浆果和香草，甚至是生长缓慢的燕麦和各类果实，Noma 最初的理想便是探索其他北欧食材所有的可能性。

尽管西方物产丰饶之地，譬如法国，譬如意大利和西班牙能更早延伸出风土地华这类概念，但丰饶加以多时，也会成为这些菜肴故步自封的牢笼。一切食材新鲜可得，一切食物也变成主厨炫耀自我的无聊游戏。

于是，Noma 凭借着自然、冷僻的北欧食材创造出了新的斯堪的纳维亚菜系，甚至是无中生有般打破了各类西方菜系的桎梏。更加冷峻，更加独特，也隐藏着季节与自然景观。而这正是这个世界所需要的，是新的带来惊喜的菜肴。所谓时势造英雄，此后的成功也顺理成章。

那么如今，Noma 失去世界第一的荣耀后，是否英雄末路？

所谓的星级和所谓的排名真的那么重要吗？

在去 Noma 之前，我们对北欧料理也持着略带怀疑的态度。虽不至于睥睨，但面对新的东西，人总是会产生自然的抗拒与疑惑，当然还混着好奇。这些野草、花朵、苔藓，甚至蚂蚁真的能作为食物本身，甚至主角食材来呈现的吗？

最后的答案大多数是心悦诚服。

从第一道苹果和松叶的果汁开始，一整个苹果被精细处理，开启了新一个季节的丰饶。

接下来是夏天最后的馥郁：用李子皮还原的一整个李子；夏日玫瑰最后的果实附之以各类莓，没有海边采撷的酸涩，却尝得出玫瑰的浓香；酸味的蚂蚁被附在烤过的麦芽脆片上；旱金莲花朵包裹着一整团红醋栗。

而后是甜菜根和一种北欧萝卜派。

再来是烤过的嫩玉米和旱金莲的叶片。

随后接上的是腌渍过的番茄和新鲜牛奶凝乳，类似于豆腐顺滑的口感混着清冽的香气，不是浓厚的味道，是淡漠地一扫而过。

海鲜部分是卷心菜包裹着法罗群岛出产的海胆，还记得去法罗群岛时同样在 KOKS 尝

93
noma

过海胆之味，这里更是甜到难以置信。

接下来的饮料很有意思，是健康文化颇为流行的 kombucha，类似于一种茶菌，但混合着夏日玫瑰馥郁的味道，非常适宜下面这道菜：法罗群岛的螯虾配合着玫瑰油。

这是令人惊讶的香甜。当然，我觉得薰衣草的点缀有一点点多余，但螯虾的甜和洋葱的甜因为玫瑰油变得异常动人。

下一道菜是螯虾最精华的部分——虾头搭配百里香。当然，有人会讶异于把虾头当作正式的一道菜，但不妨碍虾头成为整只虾最精妙的部分。

后面的南瓜搭配鱼子酱就有一些普通了。

到了蟹的部分，出彩的是一旁熟牛肉熬的酱。

最后，主菜的收尾就是著名的野鸭了。野鸭本身确实不是很适宜来当菜肴，肉质偏硬且易柴，尽管 Noma 将其处理得很好，也搭配了卷心菜、李子和玫瑰油，对于野鸭本身、对于肉菜而言相对没有那么完美。当然，鉴于北欧菜的因地制宜，在这里也不会有肥硕的北京烤鸭来撑场。

结尾的甜点有一丝不习惯，依旧是酸涩的蚂蚁搭配茴香和奶酪。包裹着旱金莲、龙蒿草的冰棍和最后覆盖着巧克力的鹿角藓，风干牛肝菌和蛋酒收尾，也是冬日即将到来的前奏。

用餐的最后，我们去参观了 Noma 各个部分的厨房，有专门负责烤物的部分，有处理一整只野鸭的小屋，也有种植香草的区域，当然还有专门为最后甜点的那一根苹果木削一整天的厨师。

Noma 永远都在尝试新的味道，他们在食物变换的暖房里尝试各类发酵与酿造，新的味噌，发酵的谷类，甚至是转化中黄豆汇成的酱油料。Noma 永远都在研发新的菜肴，甚至是不怎么在乎成本和时间的努力，当然，永远门庭若市是他们最好的资本。

味觉本身是一件非常主观也非常私人的事，如果真有菜肴能征服每一份味蕾，那必然是记忆里的味道。真正美好的东西是不会消失的，愉悦过了之后仍有愉悦，幸福过了之后仍会有幸福，美好的味觉则会一再更迭，然后将会藏在你记忆的最深处，在需要的时候来指引你回溯到那个美好的时刻。

而 Noma 带来的是成为这段历史记忆的味道，是新的从未体验过的味道，这味道有关优劣，但更有关体验，荒芜之地的纯粹之上还有什么？还有新的东西。那便是 Noma 所呈现的。

而这些也是所谓星级，所谓排名之外的东西。

总有新的东西需要你发现，新的体验，新的人生的一部分以及新的美好。

而今年年底，Noma 将关闭一段时间。他们在寻找更大的场地，将所有厨房的部分都一起整合，并建立自己的农场。也许这将是一个新的 Noma，一个新的英雄时代。

KOKS

法罗群岛

说出来自己都不信，其实决定去法罗群岛全因为在报纸上阅读了一段关于 KOKS 的报道。所以，这家号称是法罗群岛最佳的餐厅成了这次旅行最重要的目的地。

到了法罗群岛才明白，这里的餐馆少得可怜，而能跟 KOKS 相媲美的餐厅更是不可能出现。像是会当凌绝顶以后，根本没有众山可以一览其小。

KOKS 坐落在托尔港后方的一小片山上，进门是一方整洁的灰白色的空间，从窗口可以俯瞰整个托尔港的景色。

KOKS 的料理主要以自然新鲜的原生口感菜肴为主。也是，在法罗群岛这样得天独厚的环境下，还有比海鲜食材本味更为鲜美的东西吗？

不论是配上柠檬汁、切碎的欧芹梗和调醋的法罗海胆，还是直接新鲜上来的扇贝，以及三小时前从 Kollafjordur 港口捕上来的北海螯虾，只经过七秒的汆烫即刻端上来，都鲜甜到让人难以置信。

但我尝过最好吃的北海螯虾肉的做法则要数 KOKS 的招牌菜：海螯虾和烟熏松针搭配在碗中，打开碗的时候，虾肉已被松针熏到香气四溢，但松香又丝毫不抢戏，虾肉依旧韧而有劲、甜而嫩香。

酒足饭饱下楼的时候，看到 KOKS 在去年被评为北欧菜的第一，只是觉得在法罗群岛这样的料理沙漠，有点儿颇为不易之感。“不虚此行”，这样平常的词却成了最好的注解。

Lyle's
伦敦

东伦敦有太多好玩的地方，除了游人如织的 Brick Lane（砖巷），你还可以一早从 Broadway Market（百老汇市场）随意买点儿吃的一直走到 St.Regent's Canal（圣摄政运河），再走回来去看看 Goodhood Store 和 Labour and Wait，还有附近有趣的书店。到了午饭时间，拐个弯绕到大街上就能找到 Lyle's。

和所有时髦的餐馆一样，Lyle's 的装修入目全白，布置简约，线条流畅。木质餐桌和玻璃瓶杯的细节都被精心设计。连菜单也是，字体利落，留白从简。

它所在大楼的名称也十分有趣，称 Tea Building。如果不是早闻此名，路过门口的时候看到是一片白色，容易错过。

Lyle's 的菜也走摩登创新菜路线，日本酱油的汤底柔波似的蛋、炙烤过的赤颈凫配烧制的黑莓和柑橘和栗子做的雪芭都被我们三下五除二清扫一空。

吃完饭要是遇上伦敦难得的晴天，还可以在东伦敦逛好几圈。

伦敦太好，而东伦敦太妙。

MONMOUTH
Opening Times
Monday-Saturday

Monmouth
伦敦

出发的时候，懂喝的朋友嘱咐我要带咖啡豆，首选奥斯陆的，可惜我不路过，她说那就买伦敦的 Monmouth。之后我才知道，Monmouth 是伦敦最有名的咖啡店。三十几年前，Monmouth 就在考文特花园开始烘焙和贩卖咖啡。这家老店至今还是备受推崇的，即便是他们在 Borough Market（区市场）开了一个较大的分店，在其他地方也陆续开了店，但每一家顾客永远是络绎不绝。无论何时拜访，整个店的空间里永远挤满了人，连门口都是拿着纸杯相互交流的顾客。

Monmouth 的装潢以墨绿色为底，金属勾勒出线条，木质结构与其相得益彰。咖啡豆如同超市里贩卖糖果的机器旁放的糖果般被堆砌成几堆，按需而拿。似乎一铲下去就能铲到整个肯尼亚的阳光。

而 Monmouth 的成功，声名远扬只起到推波助澜的作用，最重要的是 Monmouth 对原材料的一丝不苟。即便他们只卖咖啡和几种小甜点，仍然精细到所有的牛奶都来自英格兰西南部的萨默塞特，而桌上山一般堆放的有机蔗糖则来自哥斯达黎加。在 Monmouth，别太痴心想在店里慢慢地喝一杯咖啡了，打包个纸杯带走吧。即便是在店外，这也是伦敦最好的味道。

茶寮宝泉
京都

到京都时正是樱花鼎盛的开放时节，鸭川两侧也都成了粉色的溪流，涌涌动动，蓬蓬勃勃的一直到天边。宝泉堂就藏在下鸭，拐几个巷弄才能找到。和式宅邸进门才知庭院深几许，没有杨柳也无帘幕重重，却依旧让人惊叹。山和水里映的是春天的花影。

茶寮宝泉每个季节的和果子都不一样，春季自然有樱饼，配赠的都是一杯抹茶。最有名的该是这里的蕨饼——わらび饼，店员奉上一小碗黑糖，说是冲绳蜜糖制作，蕨饼甜度够但喜欢可再添黑糖，并嘱咐最好趁着沁凉的温度食用，否则味道会打折扣。

当然在茶寮宝泉，好的绝不止这些，每一个角落都能欣赏到整个庭院的盛景，在春意里生机勃勃、嫩绿映眼帘的同时，好茶、好水都只能做陪衬。小山淡水里能坐一个上午，也只有京都，也只有在这里了。

岩寿司

东京

小雨的东京，托人订了いわ，餐厅在银座靠近新桥边上。之前愚见觉得寿司无非是生鱼和米，超市和便利店甚至回转寿司多如牛毛，只要新鲜，味道总不会太差。几年前，特意跑去筑地体验新鲜，那时会拍手称赞的东西，现在想来也只是觉得蛮好吃。

好的寿司在于温度，是职人和鱼生质量的完美结合。35℃的米和鱼生经过职人的手后完美融合，才能称得上极致。鱼生绝不会以量取胜，米饭和鱼生之间存在一个平衡——一个极致的平衡。

いわ是个年轻的团队，开业不过三年，却早已摘得米其林一星，想来必有过人之处。

事实确实如此。

用餐顺序是先上生鱼片，之后是前菜，再来是寿司。

鲷鱼、章鱼、海苔裹着处理过的帆立贝的薄片等食材一一被呈现。到了寿司，酱油浸着的金枪鱼刺身，将鱼肉的味觉高度提高到另一个层次，实在太令人惊艳，以至于之后上的中腹和大腹虽一样入口即化，相比就浅了许多。

不过，最惊艳的要数富士湾产的白虾，春季的白虾拆后细小而透明，白色被紧捏成一块，味甘而轻盈。

结束的最后一道菜是玉子。本以为是鸡蛋、糖和牛奶的混合，和主厨交流后才知道，甜味竟来自小虾，只加了昆布和少许蜂蜜。一般的玉子用的是白鱼，而此处用小虾带出甜味，小火烤蒸一小时。

主厨角田先生的英语很好，耐心地解答我们一些无聊的问题。问起他为何开始学做寿司，他说，因为“喜欢”，因为“想吃到好的寿司”，而太多的回转寿司令人失望。正因为想吃到真正好吃的寿司，于是开始做，一做就是十四年。末了，他说：“啊，这是一个很

长的故事了。”

他谈到筑地，每天早晨，他们都会亲自去挑鱼生。好的鱼生一早就会被熟客和高级料理店买走，游客和普通人只有被许可才能进去参观。而这之后，剩下的筑地的好物也寥寥无几，因为寿司在时间和温度上差之毫厘，就会失之千里。

并且，有十年学徒经验才能真正做一个寿司厨师，这也是有资格被称为“职人”的原因所在吧。

“而职人，就是每天做同一件事，他们只想工作。”

尊重、喜爱和时间永远是料理好吃的必要因素，也只有时间能让人敬畏和感动。

好的料理也需要被尊重，而对鱼生和米饭的尊重就是在正确的温度和时间里将它们恰当地组合并品尝。

如果没有试过，你永远不知道有这么感人的东西。它和味道无关，是一种比味道更深的感动，也许是情怀吧。也许是喜爱，也许是坚持。

Wad Omotenashi Cafe

大阪

在大阪，wad omotenashi cafe 是我们非常想去的目的地之一，也是我觉得可能是大阪最棒的咖啡店之一，wad 的意思是“和道”，omotenashi 的意思是“待客之道”。这也不仅仅是一间喝茶、休憩的小店，更是一间精选日式陶器的艺术陈列室。除了有大窗口洒满阳光的木质地板和精选的食器外，这里食材挑选的精细程度也让人诧异。从京都、静冈优先挑选的茶叶，以及从著名和果子店饼匠しづく选购的配茶点心，一点儿细小的差异就决定了食物和整家店铺的品质。

而每一步的精细、有耐心和有条不紊，决定着匠心的独妙。“匠”在这里也确实能够被感知。

一份茶，第一道，水 60℃，小杯呈上；第二道，水是 90℃，三分钟，换杯呈上；第三道，是 100℃，依旧是三分钟。

而抹茶的部分，店家先让我们自选一个杯子，之后用茶筅不断刷制。慢而精，时间并非不重要，而是都贮藏在了里面。

我们和店家聊到最后，泡后的茶叶竟然被拿去加了酱油和柴鱼片。因为茶叶的品质和嫩度，竟然意外地成为一份好吃的点心。店家说，所有的好材料都不会被浪费。

这句话同样适用于使用的茶具，有的茶具裂开的缝里镶过银边或者金边，是用“金継ぎ”“銀継ぎ”的传统技巧修补而成的。将金粉、银边合在破损的陶器上，尊重并物尽其用，也使得陶器有了新的生命力。

Le Jardin de Ginette

Buchbar
安特卫普

将书店和咖啡店开到一起，似乎是我们生活里正在梦想的事，而 Buchbar 就恰如其分地融合了两者，卖书，也贩售高质量的咖啡。

Buchbar 位于安特卫普 Zuid 区的一个转角，我们是在前一天傍晚散步的时候看到这家店，只是当时已关门，于是决定隔天一早再去探访。

Buchbar 开业也不过大半年，“Buch”是德语里书籍的意思，顾名思义。店主 Kim Hertogs 喜欢阅读，也喜欢收集杂志。于是，她按照喜好挑选书籍和绘本放在店里贩卖。你能在这里找到看似毫不相关的书籍，从小说、摄影到儿童绘本，但最重要的一点是都很有趣。

离开的时候，我跟店主聊起来，讲起她完成了这个世界上一大部分人的梦想，她笑着说：“很酷，不是吗？”

是啊，所以你也会完成你的梦想吗？

ORDER+PAY HERE
VAAST COLSON
2+1 GRATIS

图书在版编目（CIP）数据

夏日会在晚餐后 / 龚林轩著. —北京 : 北京联合出版公司, 2017.6

ISBN 978-7-5596-0122-3

Ⅰ. ①夏… Ⅱ. ①龚… Ⅲ. ①散文集–中国–当代 Ⅳ. ①I267

中国版本图书馆CIP数据核字（2017）第079553号

夏日会在晚餐后

作　　者：龚林轩

责任编辑：孙志文

封面设计：山川设计事务所

北京联合出版公司出版

（北京市西城区德外大街83号楼9层　100088）

北京盛通印刷股份有限公司印刷　新华书店经销

字数：120千字　700mm × 880mm　1/16　印张：18.5

2017年6月第1版　2017年6月第1次印刷

ISBN 978-7-5596-0122-3

定价：45.80元

如发现图书质量问题，可联系调换。质量投诉电话：010-82069336